心灵的秘密花园

陈 敏 著

天地出版社

图书在版编目（CIP）数据

心灵的秘密花园／陈敏著. —成都：天地出版社，2012.8
（新世纪美文读库）
ISBN 978-7-5455-0647-1

Ⅰ.①心… Ⅱ.①陈… Ⅲ.①散文集—中国—当代
Ⅳ.①I267

中国版本图书馆CIP数据核字（2012）第141197号

XINLING DE MIMI HUAYUAN

心灵的秘密花园

陈　敏　著

—— 阅读 · 成长 ——

出 品 人　罗文琦

策　　划　罗文琦　梁　凌
组　　稿　梁　凌　谭清洁
责任编辑　程　于　卢友明
责任校对　程　于等
责任印制　桑　蓉等
封面设计　一鸣文化
版式设计　李　洁

出版发行　天地出版社
（成都市三洞桥路12号　邮政编码：610031）
网　　址　http：//www.tiandiph.com
http：//www.天地出版社.com
电子邮箱　tiandicbs@vip.163.com

印　　刷　北京海纳百川印刷有限公司
版　　次　2012年8月第一版
印　　次　2016年4月第四次印刷
开　　本　165mm × 230mm　1/16
印　　张　14
字　　数　212千
定　　价　28.00元
书　　号　ISBN 978-7-5455-0647-1

/新的美文，心的感受/

文学是人类的精神食粮，它以文字展开广袤的世界，触动人的内心情感。尤其自20世纪初“白话文运动”以来，中国的文学焕发出新的活力，“美文”亦随着白话文的推广而生长发芽，开花结果，受到人们深深的喜爱。

“美文”一词1921年由周作人从西方引入，旨在提倡“记述的”“艺术的”叙事抒情散文，“给新文学开辟出一块新土地”。冰心、朱自清、郁达夫、徐志摩等起而应之，创作了一批脍炙人口的美文经典。经过几十年的发展，到今天，美文已被公认为最具优雅、美丽风格的散文，充分彰显汉语之至美的散文，能给人以极大的审美愉悦。

21世纪，人们的生活节奏越来越快，物质丰富的同时，心灵的田野开始长出荒草。正因为此，人们对能够滋养心灵的美文需求越来越大。而美文，因了它先天的叙事性和抒情性，正好可以起到启迪智慧、抚慰情感的作用，成为当下人们不可或缺的心灵良药。

此次天地出版社推出“新世纪美文读库”书系，选取的就是这样一批能够滋养心灵、抚慰情感、激发生活的热情和勇气的个人美文随笔集，所有入选的文章，都具有一种达观、积极的人生态度，对青年读者来说如春风化雨，是成长路上常备之良师益友。这些文章，既可平日阅读，亦可做习文之范本。更主要的，当人们在生活中遇到动摇、挫折与风浪之时，读一读这些美文，尽可获得清新感人的心灵疗愈力。

“新世纪美文读库”将分为若干辑陆续推出，第一辑共推出21位作家的21部个人作品结集，这些作家已在年轻读者中具有广泛的影响和号召力，许多作家都是《读者》《青年文摘》《意林》等刊物的签约作家。

我们希望这样一套书系能成为一份给读者的美丽、贴心的礼物，能丰富广大文学读者特别是青年读者的精神世界，提升其文学素养和写作能力，锤炼其坚强、乐观的人格品质。愿“新世纪美文读库”能陪伴大家快乐成长，一起向更美好、更自信、更快乐的人生迈进！

“新世纪美文读库”编写组

目录
CONTENTS

第一辑_宝宝啊宝宝

第二辑_风儿为何吹过来

第三辑_华美的人生32℃

第四辑_臼井的平底锅

第五辑_用什么照亮黑暗

第六辑_爱比大山重

第七辑_我不是一个人在战斗

第八辑_用美好成全美好

第一辑／宝宝啊宝宝

/
/
/

/ 宝宝啊宝宝 /

在命运重击下，这双三岁的小手，拽起了父亲的大手。不懂责任，不会说爱，神马都是浮云，孩子本是天使。

2007年7月16日，心怡才四个月，在外婆家被大人逗弄着，牙牙学语。窗外夜幕笼罩，厄运已经尾随而至。

当晚8时，她的父亲骑着摩托车往回赶，途中车灯坏了，张皇失措地摔倒在一片葱地里。车子翻砸到他的背，他昏迷过去，直到次日早上，才被过往农民送到医院。

23岁，高位瘫痪。在中国，没有几个农民家庭能经得起这样的波折，家，垮了。

他没有医保，医药费全部自费，掏光了家里的七万元积蓄，只能出院自生自灭。他的妻子带着女儿离家出走，并向法院提出离婚。他的父亲和继母为了筹集之后的医疗费，不得不出门打工，让80多岁的奶奶看家……他只能躺着哭，恨不得死。

2010年，他的女儿回家了。换句话说，心怡又被母亲“退”给了瘫痪父亲。这对年轻夫妻已经于分居两年后的2009年离婚，离婚协议中孩子的抚养条款无从得知。很多人责怪那狠心的母亲——人无情，只缘生活太重。

湖南有一个类似的农民家庭故事。

黄某，22岁那年被确诊为肾癌晚期，“只能再活三个月”。更痛的痛接踵而至。一夜醒来，家里席卷一空，她的丈夫已经带着两岁的儿子文文不告而别。抚摸着儿子的小鞋，黄某号啕大哭。她竟能挡住病魔熬过八年，只为有生之年，再见儿子一眼。

孩子无迹可寻。媒体在报道了这位绝症母亲的不幸后，费尽曲折找到了文文的新地址。文文的爷爷终于同意母子相见，却在媒体赶去的第二天连夜搬走……2010年7月，30岁的黄某含泪离世，并捐出眼角膜，让眼睛继续寻找她深爱的孩子。

在中国农村，有病不医、因灾致贫的农民成千上万。仓廪实而知礼节，衣食足而知荣辱，当四壁空空又没有坚实制度来庇护，太多爱情脆薄如纸，如何能共渡难关?

所幸，心怡和她的父亲相依为命。幼儿是幼兽和天使的结合。单纯的心怡，跟每个孩子一样，饿了要吃，渴了要喝，累了要睡，醒了要玩。她知道，自己喊做“爸爸”的人，虽然躺在床上一动也不能动，也是如此。

所以，她会给爸爸倒水、冲方便面，还会陪爸爸说话。两口大水缸里存着咸菜，就是心怡不变的菜谱。小手长了厚趼，偶尔会饿肚子，她都安静接受，并不抱怨，因为不懂抱怨。

这样一组照片发到网上后，立刻引起高度赞美。同龄的三岁娃还在父母怀里撒娇，在幼儿园和科技馆成长，吃得营养美味，穿得花枝招展，而这位衣衫暗旧的妞儿尽力照顾父亲，让网友们感动得落泪。心怡被誉为“坚强妞”，存进了百度搜索词条。无数记者前来采访，无数的人送来善款善物，心怡的父亲被送进了大医院精心治疗，而心怡被当地一家幼儿园免费接收，18岁之前的教育费也有企业家承诺赞助。

笔者在视频里看到，心怡在各方庇护下，穿上了新衣服，接过了新玩具，在陌生人的胳膊上展开笑颜。偶尔也有这样的镜头，小丫头面对好心人莽撞的“抱一个”，会紧张得哇哇大哭；第一天入园，面对全园师生列队欢迎的架势，她也是惊慌失措，大哭不止。在太过猛烈的关注之下，小人儿受了惊吓。

让人忧惧的不止于此。

最新的一则采访称，心怡的家人说妞儿根本不会煮面，是“被坚强”了。记者们轮番地出入这个落魄之家，有的会指导心怡如何煮面，如何搭着板凳取锅……而心怡越来越娴熟地做着这一切，回答这一切。

幼儿本是花，是云朵，是美好柔弱的一切。她一派懵懂天然生活，而我们想方设法让三岁幼儿“更坚强”，加剧反差。如果一个社会，必须让孩子照顾失去生活能力的成人，必须坚强，那是我们的耻辱。

心怡的父亲瘫痪之后，躺在床上乏人问津，靠导尿管小便，褥疮严重，低保并不足以维持生命的最低尊严……这样的农民，散落在全国各个角落。还有多少这样的农民期待着“病者有其医”？

“坚强妞”受到了媒体和网友异乎寻常的关注和赞美，这对孩子的人格成长是否有益？坚强，或许不是照顾父亲，而是面对今后扑朔迷离，甚至冰火两重天的生活。新闻总是层出不穷，只有针对贫困孩子的福利和保障制度尽快落实，社会才有长久的安稳。

此刻，不由得又想起在地铁里遇到的一个男孩，四岁左右，指向我抱着的巧克力，执著地说：“我饿。要吃糖。”

他伸出小手在盒子上摩挲，而他身后的中年妇女牵着更小的女孩，只把目光投注于地铁里每位乘客的背包、挎包和手包。那小女孩含着手指，在拥挤的人群里走得跌跌撞撞，身高只及成人膝盖，寒冬时节还是开裆，露出纸尿裤。

是传说中的职业乞丐，还是落入贫寒无助的小兄妹？看着你们麻木地面对各式冷眼和推挤，过早直面人生惨淡，必须坚强——一声叹息……

宝宝啊宝宝。

/ 笨小孩的成长 /

我记事很晚，所有关于童年的记忆，差不多都是从父母与别人闲谈中得知。在很多人眼里，我是一个不折不扣的笨小孩。

上学第一天回家在巷口碰上母亲，问："老师今天讲了啥？"

我思虑良久，才唯唯诺诺地挤出三个字："脚板印。"母亲不解，又问一起回来的某某，她说："老师要我们脚踏实地，好好学习。"

旁人一阵大笑。又一天，我不小心摔破了家中珍爱的花瓶，经过激烈的心理斗争，我放弃了把碎渣藏起来的念头，反而扫到地板中央，再搬个小凳老老实实地坐着等。母亲回来，很生气地责骂，我委屈地说："老师讲要做诚实的孩子，没讲诚实了会挨骂……"

母亲忍不住"扑哧"笑了。

小时候家里不宽裕，父母很少给零花钱，有一次我偷偷从储蓄罐里拿了硬币去买糖吃，回到家全忘了这糖的来路，乐颠颠拿去给父母尝。他们一问哪来的，我立刻心慌意乱，结巴了半天，才小声回答："是……路上捡的。"

念及我的孝心，那次只罚我跪了一小时搓衣板。

也许智商有限加上读书不用心，虽然花了时间做了副努力的样子，小学时我成绩并不理想。别人家的父母见了面总是夸自己的孩子如何了得，我父母只能一边讪笑一边借机脱身，回来了他们彼此安慰说，孩子老实，心眼又好，读书也自觉，就别逼她了。那时真想把课本撕了熬汤喝，像皮皮鲁那样，除此之外我想不到法子读好书。

懵懵懂懂长到九岁，我的思想第一次发生重大转折。

那年，春天的花开得特别艳，尤其我家向阳的窗台下，花朵更是美不胜收。我喜而忘形，一手扳窗，一手摘花，却忽略了扳着的窗子是没有插销的。一分钟后那扇要命的窗子开了，把我像球一样从二楼抛了下去。

后来听说，是好心的行人送我进了医院，母亲听到这个消息竟在柜台内昏倒了，苏醒过来跌跌撞撞推开同事就往医院跑；而父亲一脸煞白，骑单车撞到了电线杆，爬起来车子不要、泥水不管地直往前冲……医生警告说病人必须一直保持清醒意识，于是父母每隔一小时便忐忑不安地唤我一次，昏昏沉沉往下坠落的我，就被父母一声声柔和又有力，平稳又焦虑、掺杂着心疼与希冀的呼唤拉回了这鸟语花香的世界。

那年期末，我破天荒考了个全年级第一。邻居说这一摔没留个后遗症已是万幸，想不到还摔开了窍，变聪明了。

只有我自己知道，是48小时的昏迷中母亲带泪的呼唤，父亲紧握我手的力量，是一睁开眼他们憔悴面容上的极大喜悦，与眼眶里滑落的中年人的泪水，让我一刹那长大了。我才知道我对父母是那样重要。

心中渐渐清晰的爱，滋生成牢不可破的愿望——我要为父母好好读书。拿到成绩通知单时父母的惊喜和欣慰，让我开心了好久。后来读书居然成了习惯，一读读到研究生。

我至今仍不知道我的智商属高属低，这对人的一生也许并不重要，重要的是有怎样的父母。从懵懂到明事，其实只有一桥之隔；这座桥，就是父母温厚的爱。就像黑云经过太阳的亲吻也会变成绚丽的彩霞，再笨的小孩，有父母的爱来呵护，也会成长为有用之才。

/ 不沸腾的孩子 /

正月初十，去湖南的乡下叔叔家拜年。

这是一座新建的二层楼房，在时下的农村十分常见。房前有块特意整出来的水泥地，接着斜斜的土坡下去，是个浑浊的小池塘和一望无际的稻田。柚子树临水而立，好果实已经被采摘，在农贸市场卖成了钱，被置换成当地特有的桂花糖，招待远方而来的亲朋好友。

三个五六岁的孩子正在水泥地上玩儿。他们将一个干枯的柚子当球来踢，嘻嘻哈哈不亦乐乎，把严寒的冬天，玩出了夏的味道。对城里长大的孩子而言，在稻田簇拥的这块水泥地里踢柚子，比踢耐克牌足球还带劲。

只有一个孩子没有玩儿。他靠在自家大门的一角，意兴阑珊，眼睛耷拉着，看着同龄孩子们的游戏。他是我叔唯一的孙子——旺旺。我问，你怎么不去玩呢？他看我一眼，立起身来，躲进门里。

他的爸爸还在陪人聊天，妈妈正在洗碗，他从里屋拿出了一个闪光的滑板车，从这个房间滑到那个房间。过了一会儿，他又换了一辆遥控车，之后，又拿出一个会唱“喜羊羊与灰太狼”的陀螺……他没有笑过，不停地更换玩具，仿佛只是害怕显得无聊。

过了一会儿，城里孩子也进屋了，立刻被他的玩具吸引了。旺旺很大方地把玩具分给大家玩儿，用不太流利的普通话讲解开关在哪里。他又从里屋拿出了一大袋零食，一一分给他们。城里的小孩说：“谢谢你和我们分享你的玩具和饼干！”

他低头笑了。那是我第一次看见他的笑容。他穿着印有奥特曼的夹克和裤子，一身簇新。新剪的头发下，有双机灵但是不太看人的眼睛。那个笑容，久久浮现在他的脸上，让他变得像六岁的孩子了。

他的妈妈刚忙完，一边擦着手上的水，一边说：“旺旺，好好跟小朋友们玩儿。”他应了一声，没有抬头。

他们在一起亲密地玩了一个多小时，旺旺始终像个大哥哥，不多言语，关键时刻总能变出新玩具。后来，他又带他们到楼上去看电视。楼梯还没有装上扶手，相当危险。旺旺的爷爷招呼：靠里走，这个月太忙，顾不上这个……然后，我听见老人家对来客们说：“这个房子是我和他奶奶，一砖一瓦自己挑自己修的，就水电费事，也没法子，边请教边干。马上就弄好扶手。儿子儿媳在外面打工，挣几个钱不容易，我们也就是帮着带带孩子，修好房子。”

然后，我听见那位老人说：“儿子儿媳明天的火车……一年能见一次面。也没法子。”

电视、饮水机，都是新的。旺旺熟练地打开电视，并不多说话。那双大眼睛，又半耷拉着。

这是我第一次感受留守儿童。

杂志上有篇留守儿童的报道。那个孩子九岁，成绩优秀，脾气温顺，父母常年在外打工。过年回家时，孩子对母亲说，你不要再离开我，好吗？不然我就去死。母亲自然非常心酸，安慰了半天，还是挤上了南下的民工列车。几天后，孩子开学，领回了新课本，将其付之一炬。然后他找到了正和邻居打纸牌的爷爷，附在爷爷耳朵边说：“我走了。”等爷爷真正意识到这句话的含义时，已经晚了。孩子用死亡来结束自己对父母绵绵不绝的思念。这个敏感多情的孩子没有留下一个字，却让做父母的流了太多眼泪。

下楼来，我问旺旺的妈妈：明天就走，想孩子吧？她说，想有什么用？得生活啊。她又对旺旺爷爷说："碗洗完了，猪食我不管了，得去收拾行李了。"

旺旺带小伙伴们下来了，始终没有跟父母说过话。

旺旺就像杯不容易沸腾的水，这也是他保护自己的方法吧，沸腾了又怎样？还是要在漫长的分别里慢慢变冷。很多成年人才能懂的道理，他已经懂了。

在父母回来过年的这段日子里，他以自己的方式炫耀父爱和母爱。他穿上了新衣服，拿出了新玩具，和别的孩子分享无穷的零食，只是，他不会依偎到父母怀里撒娇，也不会冲父母发脾气或者大笑。他只是安静温顺地待在离父母不远的地方，眼里藏着深深的、淡淡的阴霾。

我们告别时，几个孩子跟旺旺依依不舍地告别。旺旺倚在门边，淡然沉默地看着我们的背影越来越远。他也会这样送别自己的父母，没有眼泪，只有孩子不应该懂的无奈和疼痛。

据报载，沿海城市已经出现民工荒。不论这条消息蕴涵着怎样的经济趋势，都让我感到欣悦。希望每个孩子都有父母陪伴长大，都能笑得沸腾，哭得大声，捣蛋调皮得要被打屁股，但擦干眼泪，就兴致勃勃地去读书、吃饭、玩泥巴，一觉睡到天亮……

/ 打败雅仪的帽子 /

新鲜的清晨，医院照例充满消毒液的气味。雅仪穿着宽大的绿色手术服，躺在手术台上，小眼睛盯着母亲，小手抓着母亲不让她走，执拗地说："帽帽，我要帽帽。"

那顶五彩的绒线帽刚被摘下，母亲把它藏到身后，安慰焦虑的孩子："要手术了，不用戴帽子，乖。"雅仪瘪着小嘴想哭，马上将手掌展开，护住了头。

雅仪才刚满两岁，可拥有很多顶帽子，从严冬戴到酷夏，总是不肯摘下。面对冰冷的手术器械，她内心充斥的，竟是失去帽子的恐惧。雅仪还有很多习惯：喜欢大把大把吃药，喜欢穿裤子而拒绝裙子，喜欢待在家里，喜欢独自玩耍……

那一刻，摘下帽子的雅仪在电视屏幕上清晰无比：她的半边脸和半张头皮，黑如锅底，并且长有大片粗短的黑色毛发。小女孩的身上、腿上也有大面积黑斑。生下来的时候，她甚至吓到了接生大夫，吓哭了她的母亲，被权威医院诊断患有巨痣症。两年来父母辗转求医，花光积蓄，但雅仪身上的黑痣根深蒂固，日益狰狞。

手术前，记者问她怕不怕，她警惕地看着摄像镜头，不肯开口。

倒是讷言的母亲流了眼泪："孩子还小，手术要全身麻醉，风险很大。她倒不怕，天天嚷着让医生治好自己的怪病，不再被人耻笑。"

耻笑，对于再年幼无知的孩子，也是一剂毒药。每次出门，雅仪总被当成怪物般指指点点，接受各种目光：猎奇的、歧视的、厌恶的、嘲弄的，甚至有人一路跟着哄笑，上前拉扯她脸上的毛。雅仪哭闹过、躲闪过，慢慢变得安静了，也冷漠了。儿童节前一天，母亲说带她去买玩具，她却坚持待在病房，隔着小小的窗户，打量外面的世界。

那个世界热闹新鲜，却总有些毒刃般的目光。于是，她习惯了躲在妈妈怀里，习惯了藏到各式帽子下，藏到越来越闭塞的生活里，一个人长大。

整个采访过程中，摄像机拍摄的也多是雅仪戴着帽子的背影，没有童稚的轻盈，反而流露出忧伤的滞重。只有一次，在空寂的走廊上，那小小的背影摇摇摆摆地追赶一辆玩具车——那份孤单的快乐，让人兀地心酸。

其实，样貌怪异的雅仪最需要的，只是我们温和淡然的眼神。

记得一位母亲曾给世界写过这样的信："我的孩子在长大，我把他交给你，世界。请你轻轻挽起他的手，告诉他应该知道的事情。让他知道，每有恶人之地，必有英雄所在……"

我们，都可以成为这个不完美世界的另一部分，用一双宽容温柔的眼睛，打败雅仪的任何一顶帽子，让她自由成长，重获广阔。

/肥皂和巧克力/

六岁的侄女，放下手中的毛毛熊，站在电视机前认真地看着一则新闻。

正在报道的这个男人，是60来岁的农民，脸色黑黄，下巴瘦削，眉宇间纠结着日积月累的愁苦。

七年前的某天，他忽然感觉腹部一阵剧烈的绞痛，之后，这种疼痛频频造访，实在熬不过了他才去医院瞧病，被诊断为患上肾结石，需要手术费6000元。他吓了一大跳，双手空空地回到家里，继续田间劳作。每次疼痛发作，他满额的冷汗，在床上打滚，在地上哀号，家人束手无策，女人只能在一旁捂着嘴哭。

实在疼得受不了，他准备自治。起初，他吃洗衣粉，期待把肾里的那块小石头弄下来：倒一把粉末，冲点凉水，咕嘟咕嘟大口喝进去；然后吃红花油，虽然吃了就想呕吐，但是液体在胃里火一般蹿动，能让他淡忘另一种绞痛。

最后，他开始吃肥皂。他把肥皂切成细细的碎片，发作时扔一捧到口里，用水送服，吃得愁眉苦脸，甚至一嘴泡沫。

“这玩意儿倒灵，吃下去三五分钟，我的肚子就不疼了。医生说肥皂不能食用，破坏身体的什么酸碱度，我也怕啊，但是计较不了那么多！现在我每天都要吃肥皂。”农民对着摄像镜头，如释重负地说。

几年下来，他已经吃了300多块肥皂，各种各类，什么牌子的都吃过，家里一堆肥皂盒子，他一张嘴就是肥皂味儿。

…………

侄女问我：“肥皂很好吃吗？爷爷怎么吃了那么多？”

我困难地向她解释：“因为爷爷肚子疼，只好吃肥皂。”

侄女又问：“肥皂是一种药吗？为什么我肚子疼妈妈从不给我吃肥皂？”

我回答说：“爷爷穷，没有钱治病买药，迫不得已才吃的。一般人都不能吃肥皂！”

侄女仍然皱着眉头：“那为什么爷爷吃的时候，旁边看的人还笑？”

…………

我哑口无言。

我怎么告诉孩子，对于穷苦的农民爷爷而言，手术费和药费都是个天文数字？他不是病情最严重的一个，也不是最穷的一个，更不是唯一自救的一个，很多普通农民都是小病大病熬着，自己想些荒唐的方法医着，听天由命。所以围观的村民习以为常，看见老汉当场为记者表演吃肥皂，还纷纷露出一脸朴实的笑。

我怎么告诉孩子，人们常常会被贫困劳累的生活调教得宽厚坚忍，对自身承受的痛苦渐渐麻木不仁，甚至安之若素？

节目结束了，但屏幕上的黑瘦老汉举着肥皂微笑的情景，却让人久久不忘，莫名心酸。侄女也不再问什么，跑到一边玩耍去了。

突然，侄女在洗手间哇哇大叫起来。我跑去一看，她手里拿着一块香皂，苦着脸对我说："肥皂真的好难吃！幸好我只舔了一口！"

我夺过她手里的香皂，瞪着眼睛喝道："肥皂有毒，不能吃！为什么不听话？"

侄女泪汪汪地看着我，半天才说："爷爷也吃了啊。爷爷真可怜，肚子疼，还要吃这么难吃的肥皂……"看着她伤心的样子，我怒气全消。之后，她一直抱着毛毛熊闷闷不乐。我故意逗她，给她讲故事，她都觉得索然寡味。

过了一会儿，侄女拿着自己的背包来到我的面前，掏出一大盒榛仁巧克力糖果，认真地说："姑姑，这是妈妈买的我最喜欢的糖果！我舍不得吃，五天才吃了3颗，还有27颗呢。"她把盒子抱在怀里摩挲着，然后坚决地递给了我："以前我肚子疼，吃一颗就不疼了。把它给那位爷爷吧，让他不要再吃肥皂……"

说完，她甜滋滋地笑了，那笑容，春花一般，让黑夜都骤然明亮起来。

那一刻，我感动无言。

在纯洁的心灵里，任何陌生人，哪怕电视里一面之缘的农民，都是自己的亲人；生活再大的痛苦，哪怕根深蒂固的贫穷，都可以用甜蜜的巧克力化解。

谢谢天使般的孩子。她让我知道，除了心酸，人们还可以为那300多块肥皂背后的疼痛，做点什么；谢谢孩子，她让我知道，一颗纯洁的心，无论岁月如何更换，都应保存最无私的慷慨，和27颗巧克力的甜蜜，持续地芬芳美好这个世界……

/ 我来过，我很乖 /

佘艳刚生下来，就被遗弃在小桥边的草丛里，被一个孤苦伶仃的农民佘仕友收养。当时小家伙冻得奄奄一息，衣服里插着一张小纸片，上面写着：“10月20日晚上12点。”那是亲生父母留给她唯一的一句话。

小女孩大眼睛，尖下巴，很是惹人怜爱，喝着寡淡的米汤长大，却非常懂事，很小就帮着爸爸分担家务。长到八岁她都没穿过袜子，光着脚板照样洗衣做饭割草，笑吟吟地生活。

邻居问：“你饭吃不饱，袜子都穿不上，还天天乐呵呵的啊？”

她说：“我跟别的孩子不一样，他们有爸爸有妈妈，我只有爸爸，我要很乖很乖，不让爸爸多一点点忧心生一点点气。”

上了小学，佘艳的成绩总是名列前茅，墙上贴满了学校奖的小红花，让爸爸特别自豪。这个贫寒之家，因为她的存在而变得幸福。

那年5月，佘艳总是流鼻血，头晕目眩，去医院看病，被确诊为急性白血病。拿到诊断书，父女俩站在走廊都傻了。医生说至少需要30万元医疗费，父亲急得焦头烂额，到处去借，甚至要卖掉房子救女儿。躺在病床上，佘艳看着日益消瘦的爸爸，心疼地拉着爸爸的手问："爸爸，卖掉房子您住在哪里呢？"

"没关系，你的命最重要。"

"爸爸，我很想活着，可是又怕活着……我不想拖累您，让我出院吧。"说完，父女俩抱头痛哭。

不久，病重的佘艳代替不识字的爸爸，在自己的病历本上一笔一画地写下："自愿放弃对佘艳的治疗。"

当天，从不提要求的佘艳对爸爸郑重地说："我想穿一件新衣服，再照一张相片。"然后她流着眼泪说："我要是走了，您又想我了，就可以看看照片。"

甘心放弃治疗的乖巧女孩佘艳被媒体报道后，短短十天时间，各界捐款超过56万元，佘艳得以重新回到医院治疗，但她体质太弱，病情继续恶化。

有一天，小女孩忽然问来访的记者："阿姨，人们为什么要给我捐款？"

记者说："因为大家都是善良的人。"

"阿姨，我也要做一个善良的人。"说着，佘艳从枕头下拿出一个作业本，递给记者，"阿姨，这是我的遗书。是趴在病床上写的，字写得不好……"

三页纸的"遗书"，饱含着她对捐助者的感激、对世界的依依惜别，以及对亲人的叮咛：

"阿姨，我要是走了，爸爸不要生气，不要跳楼。阿姨你要看好我爸爸。

阿姨，医我的钱给我们学校一点点。我死后，把剩下的钱给那些和我一样病的人，让他们的病好起来……”

记者哭了。

因病情太重，佘艳永远闭上了那双黑亮的眼睛。遵照她的遗愿，50多万元捐款被分成七份，留给了其他患白血病的孩子。葬礼那天，下着绵绵细雨，无数的人都赶来殡仪馆，含泪为她送行。佘艳的墓碑是黑色大理石的，上方是一张她在花丛中微笑的照片，下方是她说过的一句话：“我来过，我很乖……”

临走前，佘艳还写过一篇日记《我的路》：

“我的路不在小朋友走的小小的路上，我的路不在汽车跑的宽宽的路上。上山时我喜欢走我的路，下山时我和小鸟一起唱歌。听着歌声向前走，路就是再长，也不会觉得累。我喜欢走我的路……”

如今，乖女孩佘艳在她的路上，继续唱着歌儿走着吧？命运给她的，她照单全收，不论是出生即被抛弃的冷酷、贫穷生活，还是疾病痛苦。她从不抱怨，她只记得养父给她的每一勺米汤，记得陌生人给她的每一分捐助，记得自己要走在自己的路上，带着天使般的笑容。

/想我，不哭/

周六，看一档电视节目：《亲亲我的宝贝》。节目组请来了三位母亲和她们的孩子，讲述各自的亲情故事。

最抢眼的是中间那个拥有一头鬈发的大眼睛丫头，唧唧喳喳蹦蹦跳跳，活像初上春枝的小麻雀。当主持人问到各人想给母亲什么样的礼物时，她抢过话筒大声宣布："我将来要挣好多钱，给妈妈买好多燕窝吃！"

主持人问："那你怎么挣到钱呢？"

她瞪圆眼睛响亮地回答："我卖好多好多燕窝挣钱！"

这个跟燕窝较劲的漂亮丫头，一派天真烂漫，把人的心也闹腾得欢喜起来。她的母亲，在一旁笑弯了腰。

第二个孩子也很不凡，眼睛灵活说话利落，谁也不相信他竟是重度弱听儿童，但他的耳朵分明戴着助听器。他必是吃了很多苦，让妈妈流了很多泪，才从无声的世界里学会"听"，学会说一个字、两个字，直到今天，能说连贯的句子。他微笑着斯文地说："我的礼物，是为妈妈唱一首歌。"

"世上只有妈妈好，有妈的孩子像个宝……"也许有些怯场，他只唱了头两句，就一头扎进妈妈的怀里。虽然唱得不完整，还跑调，也让他的妈妈心满意足，春风满面。

镜头扫向最后一个孩子。瘦瘦的下巴，沉静的脸，不张扬，也不漂亮，就像一棵小小的绿色植物，散发出独属于自己的光芒。

电视播放了一段她的视频短片：晴天，她坐在盛开的花园里，托着下巴，认真地看着某处，温柔地说："爸爸，您知道吗？我常常在被子里，闭上眼睛，想您。我常常看着天空，和您悄悄说话。梦里，我常常和您一起玩儿。我听您的话，从来不惹妈妈生气，照顾妈妈，您是不是很高兴呢？"说着，她悄然笑了。

她的母亲看到这里，泪流满面。原来，一年前，孩子的父亲在一次意外中去世，她独自带着孩子生活，至今刻骨铭心地思念着亡夫。

轮到小女孩给母亲礼物了。她从兜里掏出一大把硬币，一枚枚亮晶晶的，哗啦啦地要塞到母亲的手里。

主持人笑着问："有多少钱呢？"

她羞涩地说："数过几次，总是忘。"

那位母亲推回女儿的手，含泪说："你留着零花钱，自己买玩具买零食啊。"小女孩认真地说："您总是给我买漂亮衣裳，您也买一件新衣服吧。我答应过爸爸要照顾您的，也想看到漂漂亮亮的妈妈啊。"

母亲哭得更厉害了，女孩捧着钱不知所措，不由得也红了眼圈。

主持人说："收下吧，接受孩子的爱，她才更快乐。有这样体贴的孩子，也要高兴啊。"

母亲还在流泪，说："看到孩子想她父亲，我就难受。"

主持人劝道："为什么要难受呢？你哭了，孩子就会跟着哭。你看，刚才宝宝在短片中提到父亲的时候，是很甜蜜的。她觉得父亲还生活在她身边，在她梦里。"

母亲止住了泪。

主持人又说："我的父亲也离开了我。我觉得，他只是去了另一个城市，和我们的城市不通邮不通车，所以没办法给我打电话，没办法坐飞机来看我。但是，我的每一个笑容，每一点进步，相信他都能看到……所以，宝宝也一直努力照顾妈妈，开心地生活，希望爸爸开心，是不是？"

女孩浅浅地笑了，用力点点头。那位母亲抹掉眼泪，一把抱过了女儿。

在下一个环节中，小女孩照样拿过麦克风唱歌、跳舞，和其他两个孩子一起游戏。忧伤的阴霾，不过是她眼眸里的一点云影，转瞬即逝。

不是每朵花儿，都开在阳光下，笑在春风里；也不是每种缺失，都能用物质弥补，用岁月掩埋……

小女孩一定听到了“去了另一个城市”的父亲的叮咛：想我，不哭；想我，更要感到幸福……

/ 心是一架公平秤 /

媒体曾报道过这样一则新闻：年仅三岁的小黄冠身患白血病，家境破落的父亲想方设法筹钱，终究是杯水车薪，根本填不满医疗费的天文数字。眼看孩子病情加重，万般无奈的父亲把孩子送到医院，以交住院手续费为由悄悄溜走，期待孩子能得到社会救助。

当天，孩子躺在病床上惊慌失措，大哭大闹，吵着要找父亲。

有一个护士说：“你爸爸太狠心了，把你扔下走了，不管你啦！”小黄冠大哭，说：“我不信！”天黑了，爸爸还没出现，孩子突然安静了下来。医生问：“你知道爸爸住在哪里吗？”他居然大吼一声：“滚！”随之泪水滚滚而下。之后十天，谁也不能提“爸爸”二字，一提他就发火、痛哭。护士和好心人买来玩具或者巧克力，一般见了孩子都会欢天喜地，可是他却视而不见，干脆蒙着被子埋头睡觉。

只有在睡梦里，他才变成那个小小的可怜的孩子，流着泪梦呓着：“爸爸，别丢下我啊！”

在各路记者的帮助下，那位父亲终于再次出现在孩子眼前。父亲瘦了很多，流泪不止，小黄冠一看见他，马上闭上了眼睛，同时闭上了嘴巴。父亲一把握住儿子的小手，哽咽道：“儿子，求求你，看看我啊。爸爸对不起你，爸爸来看你了。”

小黄冠仍然双眼紧闭，但泪水在满脸纵横。

父亲道歉、哀求了半小时，旁人也纷纷相劝，孩子才睁开眼睛，哭着说出第一句话：“你不许再悄悄走掉！”从此，父亲就是离开他几分钟去上个厕所，他也要陪同；晚上孩子常常惊醒，看见爸爸就在身边，才含着泪水重新睡去。

三岁的孩子，竟然能够独自分析父亲的行为，并感受到极大的伤害。他的父亲仍然悔不当初：“孩子虽然在医学上得救了，但我差点就完全失去了他。他不信任我，不爱我，恨我……”

只有这样的极端事件，才会让我们关注一个人的心理感受吗？小到小黄冠和父亲的纠葛，大到我们和伴侣、同事的相处，即使出自好意，但是如果没有足够的尊重，没有充分考虑对方的感受，对方就会缺乏安全感、信任感，而渐渐疏远你，甚至反目成仇。

童话大王郑渊洁也曾经说过一件小事：

他的儿子五岁的时候，看见他每天写东西，就问：“爸爸，你今天写了多少页字啊？”郑渊洁回答：“一页300字，爸爸每天要写十页。”有一次，郑渊洁接了个急活，怕孩子在身边分心，就把他送到了他奶奶家。当晚孩子就打电话过来问：“爸爸，你今天写了多少页啊？”郑渊洁漫不经心地回答：“十页，甚至更多点。”孩子不再说话，失望地挂掉了电话。

第二天，孩子又问郑渊洁同样的问题。一个五岁的孩子，关心这个干什么？细心的郑渊洁忽然意识到孩子的想法——孩子不直接问，但希望自己离开的日子，爸爸的生活会有变化，证明爸爸一直重视他、关注他。郑渊洁感到心头温情涌动，赶紧说：“没有你，爸爸一个字也写不了，你回来吧！”孩子哈哈大笑起来。回来后，郑渊洁就让孩子在身边坐着，并且让他给稿纸编号，孩子干得认真又开心。

郑渊洁说："再重要的工作，都不如孩子重要。特别是幼时的尊重，会让孩子形成习惯。他认为，他在爸爸心目中是重要的，逐渐也会把你放在同样重要的位置。"

的确，每一颗心，即使是孩子的心，也是一架计量精确的公平秤，你给他多少关注、多少尊重，他会回馈给你多少。关爱尊重他人，其实是把温暖，存进自己的银行。

/ 熊妈妈被遗忘了 /

三岁的小侄女跟着外公外婆从湖南来北京玩儿，活泼可爱。一天，我给她念童谣："冬天到了，鸟儿在树枝上冻得哭了。"

才念完，小侄女的眼圈湿了，说："小鸟儿好冷啊，真可怜。"我抱着她，内心久已不被触及的温柔，微微荡漾了。

晚上看一部法国纪录片《熊》，一大家人坐着，孩子坐在最中间。

电视屏幕上，一大一小两只灰熊，摇摇摆摆地走在大森林里。天空蔚蓝，仿佛一块刚洗净的柔软丝绸。

路过山谷一棵躺倒的大树时，熊妈妈要掏树干中的蜂巢。小熊被蜜蜂吓得不敢近前，只能在远处等着。不巧，山上滚落一块巨石，将熊妈妈完全压在下面，只露出小半边脸。小熊跑了过去，被蜜蜂蜇得手足乱舞，围着妈妈用舌头舔，又用爪子去抓，急得呜呜直叫……他不知道，妈妈已经停止呼吸。夜幕降临，小熊依偎着妈妈的脸睡着了。第二天，小熊饥渴难耐，只好一步三回头地离开。

孩子问，小熊怎么不和妈妈一起走？我解释说，熊妈妈受伤了，走不了了。

小熊后来找到了一只高大健壮的公熊做保护者，跟着新的“熊爸爸”在小溪里抓鱼，每天吃饱喝足，在野花丛里三扑两跌地捉蝴蝶，我们大人都被逗笑了，孩子却固执地追问：“小熊为什么不去找妈妈？”她的小脸那样焦灼。

小熊长大了，小熊闯祸了，小熊被人抓走了，小熊冬眠了，可是孩子还不时地问起开头露了一脸的熊妈妈，我越来越心疼她，几乎不知道该不该继续放片子。片子演完了，小熊和熊爸爸在积雪初融的新春林地散步，结局美满。孩子却瘪瘪嘴巴，“哇”的一声哭了，说：“熊妈妈还在石头下面呢。小熊把妈妈忘记了……”

我抱紧孩子，笨拙地安慰了半天，孩子的心情才慢慢平复。

这些单纯的泪水和忧惧里，藏着多么可爱温柔的童心啊。怜悯一只挨冻的小鸟和被孩子忘记的熊妈妈，久久不能释怀。

我们，包括你，也曾经是这样的孩子吗？

看到沿街乞讨的老婆婆和拉二胡的盲人，我偶尔会给几个钢镚。但更多时候，我匆匆而过，避之不及。

采访中遇到的陷入困顿的人群，寄过几次汇款，耐心地倾听几次哭诉，便不自觉地要隐退——怕麻烦，而且自己能帮的终究有限。

父母就在身边渐渐老去，明知他们最爱我，却不知体谅，针尖对麦芒地不肯退让。

都是俗世的小事，却时刻提醒我越来越入世而不能出世，越来越束缚而不能解脱，越来越急躁而不能安宁。那颗心，不愿再轻易地爱上谁，无畏地相信什么，敬畏什么……

而有些成年人，穿过了岁月，看透了苦难，又回到孩子的心灵，“因为懂得，所以慈悲”，对世界对万物，仍然抱有最初的爱和人情。

尼采曾经抱着受鞭打的马儿哭泣；鲁迅曾经为院子里树洞下失踪的小兔郁郁失眠；卡夫卡为那些在各种压力下极度被扭曲被异化的主人公创作了《变形记》；屠格涅夫则用伤感细腻的笔触，描绘一位死了儿子的寡妇，如何艰难麻木地咽下菜汤，因为“再不喝菜汤就要馊了”，再苦难也要活着……

他们有不同的理论支撑，灵魂的最深处，都拥有懂得悲悯和敬爱的灵魂。那样的精神家园，天高云阔，草长莺飞，绿茸茸的草地从未被污秽遮蔽，生长出柔软的纯真。

我们能够保有这样的精神家园吗？我们成熟而坚硬的外壳下，是否还能触碰到心灵柔软的质感？

第二辑／风儿为何吹过来

不死的读书心

复旦大学礼堂正在举行博士学位授予仪式，庄严隆重，几乎每张面孔都喜气洋洋。年逾不惑的李德辉接过证书时，泪光闪动。

十多年前，李德辉仍是一个农民，扛着锄头在偏僻的山村过活。

他出生在湖南的一个小山村，排行老七。山村偏僻荒蛮，湖南省的地图并没标记此处。这里的人，童年时戏耍在山里，长大了耕种在山里，老死了葬在山里。祖祖辈辈，都在山里当农民，这似乎是无法抗拒的命运。

李德辉却幻想着山外的世界。

他是在乡里读的书。书少，珍贵，阅读一本好书，他如闻天籁，尤其是唐诗宋词，他能过目不忘。小学写作文他就能引经据典了，高中毕业时，周围十里八村的藏书，能借到的他都看了。保尔对命运的抗争令他敬佩，葛利高里跌宕的人生使他深思，《古文观止》《史记》等古典文学更使他爱不释手，如痴如狂。

博大、美妙、精彩、新鲜，他的眼睛，透过书本看到了山外。

1981年，李德辉信心十足地参加了高考，顺利通过了千军万马的独木桥。然而，还有一座更窄的桥等着他，他过不了。

是贫穷。

李德辉收到录取通知书时，哥哥姐姐都已成家，只有父母守在破旧的泥土房里，对着昂贵的学费无语叹息。

父母年老体弱，哥哥姐姐自顾不暇，家里还有二亩二分责任田，七零八落地分布在几条弯曲的山岔中。这个家，只有自己来扛了。痛苦着，李德辉长大了。

第二天，李德辉扛着锄头和父亲下了田。凭着聪明劲他很快学会了各种农活，犁田插秧、挑水泼园，都干得头头是道。为了补贴家用，他又登门向当地的师傅求学，破篾编箩，成了村里学历最高的年轻篾匠。

多年读书，书生模样的李德辉显得不够强壮，但在田里劳作时已俨然是个地道的农民了。他把那火红的录取通知书藏在了自己的箱底，提醒自己，曾有过的梦想，咫尺之遥。

即使日日与锄头为伍，每天回来都腰酸背痛，李德辉也从没有放弃读书的嗜好。那时村里订有《人民日报》，报上常刊登毛泽东、朱德、叶剑英等人的诗，他至今能朗朗上口。不像村里别的年轻人，借打牌、玩闹消磨闲暇时光，李德辉对幸福的理解，就是放下锄头，洗干净手，然后捧起一本好书。那时村里没有电灯，他只能在煤油灯下看书，那跳跃的火苗，就像他不安分的心，紧张地期待着生命在黑暗中的突破。

1987年，一直赏识他才华的村小学校长请他去做代课老师。年底经过上级考核后，22岁的李德辉当上了民办教师，一个月有40元的工资。

李德辉决定自学大专课程。这期间，他成了家。为了养家糊口，上完课，他一身粉笔灰地匆匆往回赶，破竹弄篾地编织箩筐。逢上农忙季节，他下田插秧割稻。

当老师，当篾匠，当农民，其余的时间，他还得当学生。

每次进城，李德辉直奔书店，买自考书目课本。有时碰上心爱的书，他一看就是几小时，然后饥肠辘辘地去赶最后一班车。买回家的书，每本他都看了不下十遍，做笔记，圈点。山区常停电，煤油用完了，就劈些松明，或者就着灶火看书。

他每年只选择两三门课程自考，一是精力有限，二是经济拮据。为了帮他凑齐去县城的路费和买书钱，新婚的妻子把陪嫁的玉镯都变卖了。为了让他有时间复习，妻子抢着干繁重的农活，直至病倒。

1991年，又逢自考期，李德辉的父亲病危在床，老泪纵横地劝儿子死了读书的心，安心务农。

读书是自己的梦想啊，死心？

他含着眼泪依然走着。一个农民，只有颗不死的读书心，前进每一步都会如此艰难！

那年的10月，三年征战的李德辉如愿以偿，拿到了自考的中文专科文凭。

1992年，李德辉从村小学被调去镇中学代课，镇中学离家有15里山路，李德辉只能双休日回家。在学校他教课、备课，并迎战自考，回家后他拼命干活，下田耕种，破篾编筐，从凌晨到深夜。

眼睛熬红了，人累瘦了，他仍挣不了报考的钱，只能从生活费里挤！

那几年，坚持读书的李德辉，无法给家人添置哪怕一件新衣，端午节去拜见岳父岳母，也是厚着脸皮空手去的。逢年尾能吃上肉，就很满足了。有时周转不过来，他羞于借钱，还是善解人意的妻子默默出门。旁人的讥笑，他看在眼里；妻子的窘迫，他疼在心里。很多人在卑微的身份里逐渐淡漠了外界带来的屈辱，但这种卑微反而如推动器给了他前所未有的动力。

记得最头疼的科目是英语，他把单词抄在小纸片上，满墙贴得都是，得机会就读，整天嘴里念叨，丢了十几年的英语，终归又捡了起来。

三年过去了，1994年李德辉如愿以偿地拿到了湖南师范大学和省自考办联合颁发的本科毕业证书，1995年他以专业第一的优势成为中国古代文学专业的研究生，三年后又顺利考上复旦大学的博士。

读书期间，李德辉一直很刻苦。他以教室和图书馆为家，为钻研一个问题他废寝忘食，资料堆了半床，是常事。他的同学说他的读书热情简直不能理解。

考专三年，考本三年，读研三年，读博三年，从农民到博士，他走出的每一步，都是在荆棘里行走，也鼓舞了无数正在迷茫的青年。

李德辉最欣赏的是马丁·路德金的名言："I have a dream!"（我有一个梦想）

如果这种人生变化是个神话，那么执著的热爱就是神话的托座。人生没有什么诀窍，当你陷于生活的泥沼，只要对梦想有不死的热爱，就能跨越一切障碍。

/ 布衣书生 /

不是每个留学生都很风光，比如26岁的吴迪。

他从华南理工大学毕业后赴英国曼彻斯特大学读书，第二年羸弱的母亲被确诊为肺癌，父亲又被股市拖累，家境中落，连学费都没有着落。

父亲让他中断学业回国。他不愿意，先退了学，然后到处找工作，自觉像皮球一样被人踢来踢去。回到家，他用白水煮面条，和着眼泪吃。也曾经在附近的小河边转来转去，想跳下去一了百了，但最终垂泪回家。

既然死不了，就得好好活着。

“‘自信’是个奢侈品。当你濒临死亡时，哪还在乎这个？不过，你还得伪装自信，否则应聘时通不过。无所谓，最重要的是要活下去。”

吴迪选择了在餐馆打工，洗菜洗碗，吃剩饭。某日，他接到母亲病逝的电话，不能自持，又怕老板不悦，躲进员工厕所，这才号啕大哭。

温厚的母亲没了，而总被父亲骂成“傻儿子”的吴迪，加重了抑郁。那段时间，吴迪“孤僻到了变态的地步，不具备敞开心扉去和人交往的能力，对生活逆来顺受”。

另一方面，他比任何时候都渴望得到认可。

“苹果教主”乔布斯有个演讲，仿佛是为他特意喊出：“生活有时就像一块砖头，狠狠地砸在你的脑门上，但是不要绝望……找一个你自己钟爱的事业，那是你会矢志不渝追随的方向。如果你相信自己的事业足够伟大的话，那么再多的苦，你也会心甘情愿和快乐。”

吴迪默默选定了目标：要成为一个在世界上有话语权的中国经济学家。

“中国改革开放30多年，是世界经济第二大国，也从不缺少民意领袖，但是世界上很少听到中国经济学家的声音。西方听的还是那些经济泰斗的声音——但是他们在中国住过几天？真正了解中国吗？这些泰斗多有反华情绪，而我们在国际经济学领域没有话语权……不管能不能被世界听到，我都要发声，都要努力。”

当时吴迪的成绩并不优异，但是“贫穷和缺陷”，都不能阻止这个年轻人的脚步。

2009年回国后，吴迪拒绝了薪水更高的英语教师职位，转而求职于经济学教师，只有一个信念：乔布斯能在父母的车库里捣鼓出了“苹果”，他待在小宿舍里研究货币经济学和国际经济学，也能成布衣英雄。

“那时我是不折不扣的‘蚁族’，住在十平方米的小宿舍里。生活在底层，相当于贩卖知识的农民工。”

在别人看视频网站的时候，吴迪在看数据和报告。别人睡觉时，他在熬夜写稿，早上7点又赶去上课。朋友看他太拼命，会讲些“过劳死”的例子。他自嘲：光荣牺牲了也值！

很多稿子都石沉大海，直到《美国贸易战必败》在《华尔街日报》发表，并得到了奥巴马总统的亲笔回信，就美国就业以及华尔街改革的问题进行回应。一来二往，他跟奥巴马成了“笔友”。那年，他已经33岁。

之后，他受邀去纽约证券交易所演讲，在剑桥俱乐部里和诺贝尔经济学奖得主聊天，在西班牙的世界中国经济峰会就中国经济泡沫问题发言……现在是多家外国经济报刊的作者，文章“远步”美国、英国、印度、日本、新加坡和中国的香港、台湾。

吴迪已被《福布斯》杂志称为“公民经济学家”。

有人比吴迪还兴奋：你出名了，可以出去挣钱了！

吴迪说：“我不是一个流行歌手，也不是电影明星，我是一个做学问的人，出名有什么用？我还得做学问，走自己的路。”

在英国曼大读书的时候，他常在第一楼的玻璃柜前徜徉。柜里摆着教授们的新书。书是教授们的另一张脸。

他要成为谁，很清楚。

声名鹊起后，吴迪受到一所知名学校的执教邀请，工资、住房都有改善。吴迪对未来的希望很简单：做一个能在国际经济学界发声的经济学教授，并且培养一批杰出的人才。

“我在国外多年，生活艰辛，深感没有家的人是孤独的，是漂流瓶一个，孤立无助。中国衰弱数百年，如今30年迅速崛起举世瞩目。如果世界环境弥漫着恐华情绪，中国下个十年就成未定之数。希望我和战友们能在世界经济领域共同努力，打破恐华封锁。”

他喜欢甘地的一句话：“如果你想让世界有美好的改变，那么你就要成为这个改变本身。”

/ 春天里有梦 /

农民工组合旭日阳刚因为演唱《春天里》走红全国，登上了兔年春晚的舞台。

网上能搜到他们的各种演唱视频，见证了一段颇有传奇色彩的成长之路。

起初，他们在北京地铁的地下通道卖唱，有些大学生被感动，自费筹钱帮他们拍摄了MV；

之后，他们被《春天里》的原唱汪峰邀请在万人演唱会上合唱，初现明星光彩；

紧接着，各种演唱邀约纷至沓来，浙江卫视的《我爱记歌词》、央视的《星光大道》《我要上春晚》……旭日阳刚以网络人气投票第一的优势，拿到了进入兔年春晚的门票。

我反复看的，是他们的第一段演唱视频。用手机录制而后传上网的，画面不够清晰，声音不够洪亮，那种粗糙原生态里，却透露出野草般的生机和力量。

一间十平方米的简陋房子，家具凌乱。两个大老爷们，一人一只酒瓶，红脸赤膊，你嘶吼一段，我接着呐喊，昂头闭眼，陶醉其中——那是怎样一个燥热的夜晚，在酒精和往事的催眠下，灵魂破茧，音乐爆炸。

“当初的我是那么快乐，虽然只有一把破木吉他，在街上在桥下在田野中，唱着那无人问津的歌谣……”

“旭日阳刚”由44岁的王旭和29岁的刘刚组成，是漂泊在北京的农民工。

两人都是穷小子。王旭在河南当了数年农民，只能混个温饱。2000年来京烧锅炉，一边工作“一边唱歌给两个大锅炉听”。后来干过很多行当，唯一没变的是爱唱歌。他说：“繁华的城市让我惶恐，只有歌唱，能让我心安。”

刘刚晚几年来京，也居无定所，脏活累活都干过。有一次他饿极了，摸摸兜里没钱，看看屋里没货，四下翻找，干脆把做饭的铝锅提了出门，在收废品的那里卖了两元钱，换了几个馒头。费劲地养活自己，似乎就是为了唱歌，再穷，那把吉他都是灵魂附体般地抱着背着。

“漂”了七年，刘刚从22岁唱到了29岁，没有房子，没有姑娘。他给父母打电话，吞吞吐吐地说：再让我唱两年吧……

在不同的地下通道，两个男人守着一份相同的小梦想，用歌声向世界宣告：我不服输。因为放不下心里对音乐的向往，刘刚干脆当了专职流浪歌手，王旭则白天在药材厂干搬运，晚上去公主坟的地下通道唱歌。两人在地下通道认识后，时常在一起喝酒、唱歌。

直到他们演唱《春天里》走红。

听他们的歌，回望自己的来路，忽而雄心万丈，忽而满心怅惘，心，一阵战栗。

战栗，可能因为恐惧。记得刚来北京时住在地下室，突然停电，整个人坠入黑暗。是胶布层层包裹密不透风的黑，是毫无轮廓死气沉沉的诡秘的黑。我举起自己的双手，它们完全融化在黑暗里。

战栗，可能因为感动。冬天穿着旧棉衣去动物园，看到一只黑鸟在冰面掠过，丝毫不因寒冷而减轻其飞翔的美，青春之心也充满力量……

像我这样的“钢镚”很多，网友们听歌的感觉各有不同：

“刚去深圳时找不到工作，买不起盒饭，舍不得坐摩的，边走边唱。过年买不到火车票回家，几个兄弟大年三十在宿舍里喝着啤酒唱到哭……”

“音乐不分高低贵贱，不是穿燕尾服打领结在金色大厅唱咏叹调才叫音乐，真正的摇滚乐就应该是这样的！为了呐喊出真实的心声！”

是，真实。我们都曾有过青春。曾经奋斗过的，正在奋斗的，在车站里扛着大包的，在街头埋头吃方便面的，在高楼大厦格子间接电话的，在大街小巷骑单车顶寒风送快递的……都曾经为梦想掉过泪，在看不到的地方偷偷跌倒，躲在一个人的角落哭泣，怀着梦想或者将它埋葬，继续生活。

有几个人的梦想能成真？王旭直到44岁，才熬出了头，有了名声，有了各种邀约。然而，他说，我喜欢唱歌，不管有没有名。

唱着，就是梦想。我记得他唱歌时昂首闭目的陶醉。

“如果有一天，我老无所依，请把我留在，在那时光里。如果有一天，我悄然离去，请把我埋在，这春天里。”

春天里有梦。有梦是不会忧伤的，忧伤的，只是梦碎了的人。

/ 风儿为何吹过来 /

湖南长沙的河西广场，总是聚集着一些民间艺人，吹拉弹唱不乏高人。

她在广场的一角蹲着，准备接受父亲安排的相亲。她扎着长辫子，拿着桃红扇子，嘟着桃红嘴唇。

第一个小伙子来了。她甩开扇子，跳过去点着他的额头说道：“我刁蛮任性，能说会道，能言善辩，能歌善舞……你罩得住吗？”对方完全蒙了。

第二个小伙子胆子大。她抱着双臂笑道：“我是天上的云儿、水里的星！我是奇花异草，包治百病而无一害！你有什么本事喜欢我？”对方落荒而逃。

一旁的父亲唉声叹气。

她早挥着扇子舞走了，唱着走调的歌：“风儿为何吹过来，云儿为谁走，花儿自开水自流，天凉好个秋！”

外人纷纷哄笑，有人说：这个妹子不是脑壳有病吧？

她叫彩佩，小时因意外造成轻微偏瘫，左手不能自由舒展，蜷在胸前，左脚微跛。但她偏偏爱唱爱跳，希望找到志同道合的爱人，舞出另一种精彩。

她25岁独自离家，来长沙已经三年。每早9点她都到广场“报到”，唱歌跳舞，遍寻伯乐，坚信自己是千里马。她甚至自制过一个点歌箱，写上歌名，小箱上插上小红旗，背上就走。路人纷纷注目，她雄赳赳地说：“你们随便点一个嘛！”

有人点，她就唱。声音仿佛风中之烛，摇摇荡荡。围观的人都笑弯腰，也有人说：“再唱一个！”她就很受鼓舞，不认为对方是嘲笑。

有个老头直言：“姑娘，你的思想是好的，但是你的资质不成！唱得跳得都不好！”她委屈地哭了。哭完了一抹眼泪，她继续点歌之旅：“只要有人的地方，就是我的舞台！只要音乐响起，我就非常快乐！”

三年了，她见识过各种嘲笑、冷遇，坚持自己的表演方式。父母三番五次相劝，甚至打骂冷战，她不听，蜗居在城市角落的出租小屋里，每月交150元。

相亲后的次日一早，彩佩在小屋仔细装扮，描眉画唇，着翠绿衣，持桃红扇，准备出门，依旧歌舞。

开门，父亲竟挡在了门口。他哀求女儿跟自己回家，嫁个人，老老实实生活。

彩佩说："水往低处流，人往高处走。我要是回了家，就一点点希望都没有啦！我有自己的梦想！"

父亲不禁怨道："你连一条短裤都要人帮着洗，连生活费都得家里给，你还谈什么梦想？回家，我们好好照顾你！"

她扭过头去："我是残疾了，但我有梦想的权利！和正常人一样！"

唇枪舌剑之后，父亲只好投降，心事重重而又熟练地为女儿梳好辫子，在门口送她远去。

环顾左右，这间房子只能摆下一张床。女儿就在这里住了三年，吃穿粗糙，孤单寂寞。

父亲一阵心酸。他懂女儿的梦。他拉得一手好二胡，写得一手好字，女儿是遗传了他的文艺血脉，却偏偏因为残疾，让梦想，变成了他人的玩笑。

父亲呵斥着她，更纵容着她，只要有空就来长沙，给女儿做菜洗衣，在枕头下塞进女儿下个月的生活费。

可是，他一天天老了，就像到了冬天的一片树叶。最近他在医院，竟查出了肺癌。

父亲只好请求电视台，劝说女儿回心转意。两人相继来到演播室。

主持人问彩佩："喜欢你歌舞的人多吗？"

彩佩说："不管别人！我搞我的搞笑，要我的扇子，跳我的舞，唱我的歌！"

新的一轮辩驳开始了。父亲希望女儿为稻粱谋，而女儿只愿为梦想臣服。父亲叹口气，不得已将病情如实相告："父亲照顾不了你多久啦……"

始终备战的彩佩，突然蔫了。她低了头，合了扇子，哭了。

屏幕上接着播出了一段视频：

彩佩正在围观中表演，十分投入，众人嬉笑。傍晚回家，彩佩仍然兴致勃勃，经过臭气熏天的垃圾站，经过波光潋滟的湘江河畔，经过唧唧喳喳的养鸡场，到哪儿，她都舞着、唱着。那把粉红扇子，在逐渐璀璨起来的星光下，在五颜六色的波光里，像鸟儿毛茸茸的翅膀，一个劲地飞啊飞。

能飞出现实的藩篱吗？能飞成锦绣的梦吗？

她仍唱着有些走调的歌："风儿刚刚吹过来，云儿就要走……"

在现场的彩佩哭着说，爸，我回老家照顾您，嫁人，过平常日子。父亲背过了头。

次日一早，父亲为女儿扎辫子。那双青筋暴出的、布着褐色老人斑的手，游走在油黑乌亮的长发之间，彼此默然无语。

在河西广场的"告别演出"，父亲拉着二胡，女儿扇舞翩翩。围观人嘻嘻哈哈。有一位清秀的年轻人参与进来，与彩佩对唱《刘海砍樵》，眼神脉脉。

也许，这不是结束，而是一个新的开始。

残破的天空之上，你也曾低低飞翔吗？哪怕翅羽沉重，依旧头颅高昂吗？世界会淡忘每颗破碎的心，然而，风儿总会吹过来，让新的梦想生生不息……

/ 为打工者歌唱 /

孙恒是个普通的河南小伙儿，喜欢唱歌，23岁坐着民工专列来到北京，本想当名歌星，却被现实迎头痛击。

为了生存，他在西客站附近当搬运工，蹬三轮车送水。一个月后，靠在墙角的吉他渐渐蒙了灰，孙恒心酸无比，干脆去地铁卖唱。

“今夜梦里面，我回到故乡妈妈温暖的身旁，家乡的河水现在已上涨，远方的人儿还要去远方……”

一双双皮鞋、球鞋、高跟鞋从他眼前穿梭而过，只有旁边摆地摊的哥们儿卖力鼓掌。

之后，孙恒辗转各地，从沈阳到南昌，在不一样的街头、地下通道、酒吧，弹唱着自创的民谣，生活却依旧暗淡：兜里没有银子，脚下没有方向，而且从来遇不到星探。

无聊地在路上走着，孙恒留心起沿途的人。城市里底层的小人物总是很抢眼。水果小贩让儿子捧个绿油油的小西瓜练手劲，建筑工人津津有味地就着菜帮子啃馒头，卖跌打药的男人在天桥边看小说边嘿嘿直乐……他们真容易快乐。

那一路，他们的幸福或哀愁的故事，被孙恒关注。孙恒为他们写歌，歌词就是工友的大白话，譬如《彪哥》：“认识你的时候，已是在你干完每天13小时的活儿以后……喝醉了酒，你说你很想家，可是只能拼命地干，才能维持老少一家安稳的生活……一天天一年年，你拥有的只是一双空空的手……”

就这样写着城市里的小人物，孙恒知道：我就是“他们”。

彪哥曾向他摊开那双满是伤痕的大手，犹如摊开一位中年农民工最普通的命运，而此刻，孙恒在昏暗的灯光下放下笔，摊开手，又何尝不是满掌的褶皱？他的父母还在为山里的27亩土地折腾，自己比驴子还劳累只是糊口，都改变不了“空空”的命运——

那么，除了写歌，我还能为“他们”做点什么？孙恒决心回到北京。那里天地广阔，也许会有更多机会。

1999年年底，“明圆打工子弟学校”校长在北师大讲座，孙恒也去了。校长说：“北京每年有20万农民工子女，因为各种原因上不了公立学校；打工子弟学校又条件有限，孩子们连音乐老师都没有……”一贯内向的孙恒立刻举起手来，毛遂自荐。第二天他就去明圆当义务的音乐老师，六个年级都管，简陋的学校第一次传出整齐的歌声。不久，孙老师新创了歌曲《打工子弟之歌》：“我们远离自己的家乡，我们也有自己的梦想，我们同样渴望知识的海洋和明媚的阳光！”

生活日渐明媚。不管多辛苦，孙恒完事就背着吉他赶到明园学校，风雨无阻。几个月后，校长主动给他开了400元的月工资。

2001年冬天，孙恒去天津科技大学看朋友，学校的学生正准备去工地慰问工友，孙恒也跟着去了。

工棚拥挤地摆放着上下铺铁床，破窗户正嗖嗖地灌风，吹得屋内挂晾的内衣裤呼啦啦响。有的工友还睡光床板。他们倒很开心，把双手往泥灰斑驳的工作服蹭蹭，接过捐赠的衣服和书，乐呵呵地挤站在有限的空地上。

“吉他也带着，不如我唱歌给大家听吧。”“好！”

在他们面前，孙恒很放松，跳到床板上就唱。第一首，用陕西方言唱《一个人的遭遇》。“再来一个！”掌声如潮。

那个夜晚，是孙恒的精神盛宴。“他们那么真诚质朴，跟酒吧的听众完全不同。我不是在表演在供人消遣，而是遇到知己相互鼓舞。他们需要那样的歌，我也需要那个舞台。”

另一个音乐梦开始滋生。不再追求高高在上的“星”，孙恒就想踏踏实实，为自己的兄弟姐妹们唱歌。2002年五一，孙恒和三四个志趣相投的朋友，创办了“打工青年艺术团”，孙恒任团长。

打工青年艺术团的第一场演出，在北京某高校的建筑工地。三个人上台，带着两把吉他和一把口琴。裸露的电线垂挂着三只小灯泡，麦克风只能绑在钢筋上，就那条红底白字的条幅最醒目：“天下打工是一家！”

面对台下500多名工友，孙恒有些激动：“我们不是专业的文艺团体，也来自全国各地，从事各种工作……昨天我们为这个城市创造了巨大的物质财富，今天我们也要创造自己的精神生活。我们说劳动者最光荣，而打工者群体是时代的新型劳动者，所以要唱《打工打工最光荣》！”台下一片欢呼。

在孙恒的执著努力下，打工青年艺术团渐渐赢得了舞台，羽翼丰满。同时，孙恒注册了“农友之家”，一个非营利性的社会公共服务机构，开展法律咨询、权益维护和大众电脑培训等工作。孙恒希望，自己和身后整整400万进京务工人员，能在这座城市得到应有的尊重和公正。

不久，孙恒被司法部授予“维护司法公正——形象使者”称号，并获得“创业青年首都贡献奖”。

如今，孙恒带着兄弟们已经在北京大大小小的工地义务演出百余次，其间也吸引了不少“演员”加入，修理工、保安、保姆、厨师，都是打工者，吹拉弹唱说样样齐全。每次联系到演出，大家都从四面八方赶过去。远道的，还得饿着肚子演出。哪怕聚餐，一大伙人从不会超过20元。

“虽然大家工作都很累，演出也没报酬，但只要兄弟们要看演出，我们都会准时赶过去。还有人笑我们太理想主义。”

是，理想主义者就是这样的人：不是英雄，没有宏大的理论，但总在踏实做事，不仅为自己，还为了整个社会更美好。

/ 生命赌金 /

他戴黑色礼帽，穿白色西装，双手拿着一大把钱，展开成扇形，正向摄像机微笑。

你一定以为他是炫富的纨绔子弟。不，他是一位59岁的英国男人，乔恩·马修斯，出身普通，从事销售工作，手中拿的，是他刚刚赢来的赌金，足足一万英镑。

从2007年到2009年，乔恩·马修斯与英国著名的博彩公司威廉希尔下的赌，已经赢了两次，而威廉希尔的发言人夏普向媒体表示："在我从业的30年里，还从来没有因为哪个客户赢了一万英镑而如此高兴。我宁愿再输几次。"

你自然以为乔恩是个幸运的赌徒。

2006年，当乔恩被医生宣布，自己已经身患绝症、生命行将结束时，他可自认是天下最倒霉的人。那时，他因肺部感染动了一次手术，结果令他大吃一惊：间皮瘤。

尽管医疗科技飞速进步，这种肺部的恶性肿瘤却无法根治，只能尽量压制。医生遗憾地预言：估计您看不到新年的太阳，如果上帝眷顾，或许还能撑过圣诞节。

一个转瞬，世界就变得灰扑扑、湿淋淋。乔恩躲到自己的家，擦干眼泪，抖抖索索地拿出纸笔，一字一顿地写遗书。

死亡仿佛隔墙而立，随时可能穿墙而入。

忧惧地过了几天，乔恩发现自己总能在次日清晨睁开眼睛。从前的每一天，他认为活着是理所当然，而现在，每一小时都是恩赐。他不再恐惧愤怒，变得感恩知足，泰然处世。

渐渐地，乔恩放弃了医药治疗。那些抗生素总是败坏胃口，弄掉头发。他不想瘦骨嶙峋地死去，决心享受生命的最后这段旅程。

圣诞节前夜，乔恩精神矍铄地在圣诞树上挂好为自己准备的礼物。

过完圣诞节，乔恩精神抖擞地开始慢跑、散步，欣赏天空最早的一抹朝霞。

他居然活到了2007年年初！为了庆祝新生，他突发奇想，决定和命运打个赌。

乔恩来到著名的博彩公司威廉希尔，下注100英镑，赌自己能活到2008年6月1日。这几乎是他生平第一次赌博，奇怪的赌注惊动了公司的上层。这有点天方夜谭，他解释说："钱不是我的目的。如果我赢了，就能给和我同样的绝症患者更多信心。我太知道信心意味着什么了！"

博彩公司最终被他说服，接受这份赌注。此前被确诊为间皮瘤的患者最长存活纪录为25个月，博彩公司在核实了马修斯的情况后，给出了50：1的赔率。

乔恩兴致勃勃地开始另一种生活。他不再是一个卑微顺从的销售员，而是跟命运赛跑的运动员。他不去医院，采取自然疗法，锻炼身体，渴饮困睡，一切服从身体调配。他不再为每天的销售量锱铢必较，不再为客户的脸色担忧发愁，在阳台上养盆花，闲暇时钓钓鱼，只关注单纯的生活本身，倾听心灵的声音。

这样，乔恩感觉越活越年轻，连心理都变得很童真，顺利度过2008年的儿童节，赢得5000英镑。他第二次下注100英镑，赌自己能活到2009年6月1日，再次取胜。

当记者追问乔恩如何花掉这笔钱时，他笑了："我大概是世上第一个以生命为赌注的人，这比一万英镑更有价值。我知道自己难逃一死，这些钱会拿出一部分捐给癌症慈善机构，另一半则用来完成我梦寐以求的蹦极。”

英国癌症研究专家对乔恩现象无法给出科学解释。科技只能探测循规蹈矩的庸常生命，何能解剖奇迹?

乔恩以生命为注，下赌的结果重要吗？犹如《老人与海》里的主人公，纵使拖着一副残损的恶鲨骨架回家，他已然是英雄。而他抗击的方式，不是鱼叉和船桨，恰恰是顺应自然，听从本心。

谷川俊太郎写过一首诗《活着》：“所谓现在活着，那就是超短裙，是天文馆，是约翰·施特劳斯，是毕加索，是阿尔卑斯山，是遇到一切美好的事物；所谓现在活着，是鸟儿展翅，是海涛汹涌，是蜗牛爬行，是人在相爱，是你的手温……”

低伏到深谷的生命，看到了生命原本的美好。

活着，就是一场赌注，你用生命赌来的，是貌似平凡的幸福，还是头戴荣耀的厄运?

/ 生命只是暂借 /

老人应该是什么样子的？慈爱的，唠叨的，拄着拐棍德高望重的，或者从高位退下来寂寥寡言的?

日本的妹尾河童有点特别，是个老顽童。他曾任舞台设计家，50年前成名，此后活跃于戏剧、芭蕾舞、音乐剧、电视等表演艺术领域，热爱旅行和美食，笔下永远充满惊叹和喜悦，不会疲劳。

我在网络照片上看过他，印象最深刻的，是他总能出现在世界各地，在镜头前开怀大笑，或者瞪大眼睛，像个孩子。

认识妹尾河童，是从《河童旅行素描记》开始。

听人介绍这本书好，起初兴趣缺乏。这家伙简直是个疯狂收藏癖，从哪里得来的冥币，又从哪里淘来了几把破铜烂锁，还一笔一画、一丝不苟地画到本子上，有什么意思呢？一是他淘的东西多不是稀奇名贵之物，二是照相机一秒钟就可留下影像，何苦还用铅笔老实趴着素描?

慢慢被河童的画和字，带进了他的节奏，开始品出好来。电影《故园风云后》的男主角曾经说：绘画能够留住你当时面对这幅风景时的心情，而照相不能。看河童的素描，你能触到他当时的心跳：宁静美好，纯净而又享受。仿佛雨滴在屋檐，云飘在空中，有种自然之美。他完全没有艺术家通常的矫情和华丽，仿佛是成人的儿童。

对于很多正襟危坐的都市人，河童是一个彼岸的向往。他在旅途，他在生活，放声山野，纵酒望月，你会被他层出不穷的创新和冒险吓一跳，然后忍俊不禁，心神向往。

河童很贪吃，自称美食专家。少年时期，他吃了某个酒馆添加菊花的酱菜，觉得是天下第一美味，久久不能忘，从此只要看到花朵，就忍不住要摘下来品尝一番。他曾把玫瑰、百合、郁金香通通放进篮子里，看上去娇美新鲜，但拿一朵入口，味道十分苦涩，他马上又吃另一朵……这场浪漫体验，以食花者腹痛难忍而结束。河童最终因肚子绞痛跌下桌子，在地上“哎哟”叫唤。同伴赶紧扶他起来，劝他今后别做这种傻事。他张开满是花粉的嘴，辩解道：“我不想在没试吃之前，就判定它不能吃。也许下一朵就是无上美味呢。”

河童一辈子都在创新，把生活当成艺术来过。他曾经做过荞麦面、失败的熏鳗鱼。有一次，他将生海胆加入优酪乳，家人大为惊诧："这个食物样子看上去好怪啊，我们坚决不陪你吃！"他们逃开了，他美滋滋坐下来，表示"自己负责吃下去"。味道太怪异了，他一边吃，一边露出奇怪的表情，并对前来安慰的家人说："哈哈，又是一种新的味道！"

再顽童，河童也不得不被岁月催着老去。日薄西山，他没有多少欷歔感叹，更乐于去用行动化解衰老和死亡带来的恐惧，推崇提前"分赠遗物"。他的藏品十分丰富，如果友人对河童的某件收藏十分中意，可以在那件物品上签名，等河童"死后即为友人拥有"。每次河童有新品到手，友人们都会前来观赏，抢先写下自己的名字，十二分欣喜。

"由于有人想要拥有，所以给物品注入了生命，若能永远这样继续下去，就能生生不息了。"河童在书里写道，"不论金钱还是物品，皆生不带来死不带去，现在全部都只是暂借而已，我越想越觉得愉快。"

以前是千方百计想要拥有，而今是无牵无挂地散去，这让河童觉得美好。

有人一辈子愁眉苦脸，有人一辈子都是喜笑颜开，不过是一个转念而已。如果你所拥有的一切，包括爱情、财富、快乐乃至整个生命，只是暂借而已，怎能不为这借来的美好，倍加珍惜而倍感幸运?

暂借的这段旅程，像河童那样——尽己所能，痛快生活。

/ 画一扇窗 /

大画家黄永玉年轻时命运舛，当过瓷场的小工，在码头卖过苦力。"文革”时，他还因画了猫头鹰遭受批斗，一大家子被赶到大杂院最角落的一间小屋居住，环境十分恶劣。

挨批斗的那段日子里，黄永玉非常绝望，曾想炖锅牛肉拌点毒药，全家吃下一了百了，看着尚未成年的孩子，又不忍心。有一位祖上三代都是花匠的老人，和黄家交好，不畏被牵连，每天早晨，他就给黄永玉送来一束自己采摘的鲜花，花上还沾着露珠儿。

老花农对当时绝望的年轻人说：

“花儿草儿，尤其是荷花，沾上什么脏东西，抖搂两下就没有了，人也可以活得像植物一样干净新鲜。”

老人的话，让黄永玉豁然开朗，仿佛生命中开了一扇窗子。

回到狭小昏暗的居室，他第一次仔细观察房间的窗子，高而且小，铁格子已经生锈，仿佛监狱牢房的那种。推开窗子，外面除了一堵灰黑的高高的墙，再无其他。

人的心，就被这锈蚀的窗和高墙堵着压着，几乎窒息。

黄永玉灵机一动，舒展画笔，在自家的墙壁上作画，画了扇大大的窗子，是当时很时髦的玻璃铁窗，足足两米长，又画了无数的繁花绿叶，正从窗口里生机勃勃地探进头来——人一进屋，立刻感到春光明媚。后来，他又在墙上描画了一大片荷塘，荷叶田田，荷花粉红或者嫩白，点缀其中，仿佛能够溢出清香，让人心旷神怡。

“生活已经如此悲惨暗淡，必须自己创造纯洁美好的东西！”

从此以后，无论生活如何布满阴霾，黄永玉面对自己的那扇“窗户”，似乎总生活在世外桃源，笑说自己是顽童。

他的乐观豁达，让年轻人尤其喜欢。他曾经说：“一生无大的成就，但是从不浪费时间，总算没有辜负自己初中二年级的学历。”

功成名就之后，他最爱的仍然是窗外的风景。

在香港买的房子，那扇落地长窗从书房到客厅，居然长达十米。他曾经说："窗外风景总是变幻，不论打雷，落雨，刮风，天晴，都非常吸引我。人的每个阶段都会打开不同的窗子，一扇窗子，就是一种心境，你可以慢慢体味，绝不要悲观气馁。"

虽然历经无数风云，黄永玉仍然珍惜生活的每一点真、每一分善，心如明镜，沾染不上脏东西，只让美好美妙的风景，占据视野。

或许，人生就是一个面积有限的屋子，但你推开哪扇窗子，看到什么样的风景，活出什么样的境界，都可以自己掌握。有的人视野狭隘，看到的只是低矮的屋檐；有的人视野开阔，就能看到风景这边独好。黄永玉是后一种人，即使人生给他的是狂风骤雨，他也能画出一扇亮堂堂的窗子，看到蓝天之上。

/ 父亲的眼泪 /

医生仔细审视着爸爸的CT片子，对爸爸说："得马上做手术。你右鼻腔里这个肿物，已经破坏骨头，伤及额窦、筛窦和蝶窦。暂时没有床位，一周后入院手术，可以？"

爸爸还笑着问："不会是癌吧？"

医生也笑着回答："三分之一是鼻息肉，三分之一是内翻性乳状瘤，三分之一是癌。手术后就知道究竟。"

爸爸"哦"了一声，靠回椅子。我在旁边听着，已经完全傻掉。

出了医院，爸爸指着对面奥运五环形状的花坛，笑着说："你看，新摆的，多漂亮！"我落在后面，拿《体坛周报》遮住太阳下表情失控的脸，眼泪无法控制。

爸爸正在学车，过了路考就能拿到驾照了，多次兴奋地说："拿到驾照就去买车，我带你们去北戴河兜风！"

爸爸顶着北京的烈日，和几万人苦苦竞争好几小时，才买到两张鸟巢的田径票，得意扬扬地对妈妈说："咱们也去鸟巢看看，不辜负北京奥运会!"

他如此精力充沛，梦想繁多，怎么会突然被三分之一的厄运笼罩?

我跟着爸爸上了公车，故意坐到最后一排，看到车下走过白发的老人，再看看前座的爸爸，又想哭——爸爸的头发都是黑的呢，为什么要有那三分之一?

回到家，妈妈一脸焦虑地问我结果。看到我哭肿的脸，她根本没有听清我的"没什么"，眼神崩溃。倒是爸爸，神色自如："一周后住院。小手术，不用担心。"

已是傍晚，爸爸照常进厨房忙碌，我也不敢拦着，就特意挑了首欢快的歌曲来放，群星共唱的《北京欢迎你》。爸爸正在大力剁排骨，声音铿锵清脆，夹杂在旋律优美的歌曲中，一刀一刀，却是剁进我的心里。

之后得一周，爸爸照常在我身边唠唠叨叨，看最没价值的肥皂剧，责骂我买的西红柿比他买得贵，和平常无异。

那一周，他把最拿手的红烧肉、啤酒鸭、炖羊排等菜通通做了一遍，照样厨艺高超。

那一周，他把笨重的客厅窗帘、沙发套和大小床单拆下来通通洗了一遍，照样孔武有力。

那一周，他带着刚从湖南来京的妈妈去故宫、颐和园和天安门通通玩了一遍，照样兴高采烈。

那一周，他倒比从前爱笑，对我好到仿佛我是幼儿，他本就是世界上最疼爱我的男人。

…………

爸爸的脸上，没有厄运的影子。日本流行说“老人力”，我清晰地在他身上看到，被厄运催发正大力涌出，仿佛新鲜的泉眼。

妈妈却急剧消瘦，背着爸爸就黯然落泪。她跟我回忆往日爸爸对她的好，一桩又一桩，又说：“听别人说，鼻子动手术，怕要伤到眼睛。只要不是癌就不怕！你爸盲了，我照顾他，他都照顾了我这么多年……”

多年经商、性格大气的妈妈变得软弱，我不能不伪装强大，把眼泪，都流在黑暗的夜里。坐在地板上，靠着白墙，或者埋在膝盖里，哭得悄无声息。那“三分之一”的黑洞，将我置于前所未有的锥心恐惧。

爸爸按时入院，手术前一天，他还是笑嘻嘻的：“没事！把你妈照顾好！给她做点好吃的！”

手术日的清晨，我们去医院探望爸爸。一夜之间，爸爸的脸就凹陷下去，胡子茂盛。但是，他仍然在笑，眼神清亮，丝毫看不到哭过的痕迹。

我们在手术室外等，度日如年。妈妈的眼睛肿成世上最大的核桃。

两小时后，医生如同救世主般出现，笑着说：“不是癌，息肉而已，放心。”那两个腿在发抖的女人，立刻欢呼雀跃地拥抱。

爸爸被推出来了。苏醒后，他的第一表情仍是微笑。我说：“爸，只是鼻息肉！手术很成功！”

我看到了什么？爸爸收敛了微笑，嘴角颤抖，眼泪大颗大颗地从凹陷的眼眶里涌出。

爸爸终于哽咽，缓缓说：“如果真是癌，你爸就准备一个人藏起来。不想你们难过，不想你们老哭。刚才进手术室时，我浑身发软，都上不了手术台……你爸很好笑吧？”

好笑？不，是好可爱。直至此刻，爸爸才暴露自己的软弱，而此前，他只是尽力欢笑，尽力强大，庇护他的爱人子女。

出院回家的那天，天蓝透了，爸爸又指着对面的五环花坛，由衷说：“多漂亮！”

是，有爸爸参与的我的人生，真漂亮。

第三辑／华美的人生32℃

/

/

/

/爱不能，恨能/

那个孩子叫胡纪华，从小喜欢功夫，看到电视里的武打场面就兴奋，握着拳头冲父亲喊："我要去少林寺，学武功！"

天天闹啊，父母就妥协了，少林寺太远，就把孩子送到了附近的武术学校。学了几年，孩子又高又壮，武艺超群。但进了中学，他到处惹是生非，看谁不顺眼就挑衅，还纠集一群小孩子打群架，回家常常鼻青脸肿，衣破鞋脏。

屡次转学，屡教不改。父母身心俱疲。说他，不听；打他，打不过。母亲哭了多少回，胡纪华从来没有心软过。该打架照样打架，回来吃饱饭就进了卧室，美美睡大觉。

对孩子的美好期望全盘落空，这对父母终于决定彻底放手。那晚，他们郑重地对胡纪华说："我们教育不好你，就让残酷的社会现实教育你吧。"

看到母亲拿出了机票、签证、一沓钞票和一份加拿大多伦多理工学院的入学通知，一贯满不在乎的胡纪华心花怒放，原来父母竟要送他出国留学！

父亲冷冷地补充道："这些钱够你半年生活学习，今后不会再给一分钱。你在外边混吃混喝混死混活，都与我们无关。"看一眼那个比唐僧还唠叨的男人，胡纪华大大咧咧地说："不要就不要！"

那天，父亲还是送儿子去了机场。别的父子在候机大厅相对流泪，他们横眉冷对。时间到了，胡纪华背着大包，雄赳赳过了关卡，甩下一句话：“我不混个人样绝对不回来！”

过了半年衣食无忧、耳根清净的日子，胡纪华开始发慌。钱越来越少，房东在催房租，学校要缴学费。他迫不得已，拨通了家里的电话。那边的父亲冷冰冰的，说：“自己去挣学费。我们不管。早就说过了。”

恨啊。恨父母无情，把自己送出国门，再也不闻不问!

胡纪华四处去找兼职，频频碰壁。他踌躇再三，拉下脸再次恳求父母援助。父亲依然冷冰冰，让他自己想办法，就撂了电话。

那一刻，他咬牙切齿，恨意如同锋利的玻璃碴子，扎进心里。

他索性辍学，去一家中国餐馆全职打工，每天工作12小时，系着围裙拿着菜刀，和鸡鸭鱼肉作斗争。晚上疲惫地回到家，他辗转反侧睡不着，回想往事，回想双亲冷冰冰的模样，泪落无声。

不久，胡纪华盼来了人生的转机。加拿大即将举办一届武术散打大赛，这可是自己最擅长的啊。他立刻报名参赛，每天解掉围裙之后，就去健身中心刻苦训练，将满腔恨意，都融进了一招一式里。

比赛如期举行，胡纪华过关斩将，夺取了当届武术散打大赛的冠军，命运也随之巨变。加拿大华人武术协会的会长找到他，鼓励他创办武术馆，将中华武术发扬光大。在协会的支持下，胡纪华在加拿大开办了第一家中国武术馆——多伦多纪华散打武馆。

起初生意寥落，只有几个中国学员来报名。有朋友就劝胡纪华，“现在加拿大更流行跆拳道!你不是跆拳道黑带高手吗？别教中华散打了，改行教跆拳道，名利双收！”胡纪华却说：“我要做中国人更应该做的事情。”

为了宣传中华武术，胡纪华在狂风大雪之中，双手通红地在多伦多每条街道张贴宣传单。同时，他在几处打工，甚至去家具厂当劳动强度极大的拉板工人，以支付不菲的武馆房租……渐渐地，他的武馆在当地名声大噪，很多加拿大人慕名前来，他的学员也常常摘取当地各类散打大赛的桂冠。

胡纪华成为加拿大名人，暴躁狂妄的个性早被磨去棱角，冷静务实，从容有度。有记者问他，如今还恨不恨父母？胡纪华笑了，说："或许是对父母的恨，才让我迫切地想在加拿大干点事情，最终成全了我。"

当初自谋生路的痛苦日子里，他情不自禁地思念父母。取得成绩时父母的欢颜，头破血流时父母的心疼，一再忤逆生事时父母的愤怒，屡教不改时父母的捶胸顿足……细细咀嚼着父母最后冰冷的"恨"，他竟会泪流满面。他不再恨父母的无情无义，却痛恨自己的无良无德。在忏悔似的恨意里，他理解了父母，希望自己好好干番事业，回报父母。

有的时候，爱不能达到的目的，恨能。恨是锥心刺骨的爱，转身放手的爱，失望到绝望的爱，却让一个天天打架、自我自大的少年，在异国长大成人。

/ 甘做十年蝉 /

第五届CCTV电视舞蹈大赛已经落幕，王磊以《书韵》夺得古典舞一等奖。

那一幕，仍让好多舞者记忆犹新：书家手握笔管，凝目远眺，良久落笔，由楷而行，而草，奋笔疾书……鼓点回落，衫垂笔止，狂傲不复，静若处子。

走下舞台的王磊，戴一副新款大墨镜，坠一只银耳环，白色棉背心配条黑色练功服，笑容大大地说“ hello”。

王磊13岁时，除了爬树、旷课、淘气，别无所长。

那天，山西戏剧职业学院的老师来小学招生，挑来挑去看中王磊，捏捏他的骨骼，让他跳个舞。王磊不会，勉强展示了一套广播体操。老师笑：一个月后来复试吧。

什么叫自卑啊？一上基训课王磊就明白了。有些同学，随意一扳腿就贴住耳根，随意一跳半天才落地……他讪讪地待在角落，梦想也拥有那样的软开度、弹跳能力和脚弓，把大家震一回。他甚至和别人比努力：上铺的兄弟5点半晨练，他第二天5点就起床，六年风雨无阻。

前三年练基本功，后三年学习技巧表演，王磊渐渐脱颖而出，并被学院推举参加第六届全国青少年艺术大赛“桃李杯”舞蹈比赛。谁料他过度紧张，发挥失常，一个空翻下来竟然摔倒在地。

这个倔犟的孩子，后来报考了北京舞蹈学院的古典舞系。即兴表演时，背景音乐是段欢快的唢呐曲，很多考生待在原地，王磊作势拿着两把扇子，欢畅地舞起来。他以专业第一名的成绩被录取，三年后，他再次被推举参加第七届“桃李杯”。

舞台似曾相识，很多选手在临将上场前，仍在苦练某个难度动作。

走上舞台前，王磊缓缓地闭上双眼，沉淀呼吸，一切不复存在，心里只有一个安宁的舞台。他为这音乐而舞蹈，为一种意境而舞蹈，为身心的热爱而舞蹈。舞蹈家首先“有我”，逐渐“无我”，能进能退，与角色合二为一：自己就是王羲之泼墨游写，是颜真卿对天长啸——让激情或者痛苦，有了形状。

一轮一轮往后走，忽而汪洋恣肆，忽而肃穆如钟，那次，王磊夺取了当届古典舞青年组的第一名。

毕业后，王磊顺利进入北舞学院青年舞团工作。

记得有年春天跟随北京舞蹈学院的访问团，赶赴法国和西班牙巡回演出。两个月，他们演了34场，人特别累，上了车就会打盹。

不过他们都很开心，因为遇到了懂得尊重的观众。

每次演出即将开始，剧院都很安静。当幕布缓缓拉起，你能看见的，永远是正装出席的绅士和女士。没有人窃窃私语、打手机、嗑瓜子。没有人会在节目中途鼓掌，或者退席。

有一次，访问团在法国一个小城演出，最后的舞蹈是群舞《黄河》，中途音响出了故障，戛然而止，同伴们正面面相觑，忽然有人开始清唱《黄河》的旋律，最后他们在大合唱里完成舞蹈。节目结束后，他们得到了经久不息的掌声和敬意。

回国后，王磊却隐隐有了新的困惑，就像学舞蹈的学生们抱怨的：

“99%的舞蹈演员都默默无闻！”

“命运挺悲惨的，练个十年，一身伤痛，辉煌几分钟，就被大众遗忘。”

从名气和前途的角度而言，跳舞，的确不如唱歌演戏。

章子怡曾有六年的科班舞蹈功底，后来改行从影，因为“心里越来越痛苦——不怕身外的痛苦，而是未来无可期盼”。陈坤、李小冉等，都是实例。

王磊也曾接到过电视剧组的客串邀请。

记者问：“在国内你愿意当个舞蹈家，还是影视明星？”

王磊边想边说：“未来有很多可能……我还是不想放弃舞蹈。就算无人喝彩，又怕什么？我相信将来舞蹈演员会更受人尊敬吧，就像在欧美国家一样。”

从舞十年，他的羽毛在静寂的练功房，逐渐丰满，就像传说中的“十年蝉”，在黑暗地下蛰伏十年，破土而出，或许才能换取一季光明的歌唱。如果要成为杨丽萍般的舞蹈大家，还需要长久的忍耐，无畏的放弃，纯净的坚持。

“为什么选择古典舞？”

“我喜欢古典舞的意韵与和谐，一生二，二生三，三生万物，云开月出花弄影，一切都有一种顺理成章的优美。”

若干年后，他可否还记得，这个优美的初衷？

/ 半山腰也有风景 /

那时，我穿着母亲的旧衬衫，一双红的塑料凉鞋，总像一只惊弓之鸟。上课不敢回答问题，生气了也只会脸红，有众人关注的时候，就会手脚无措，语无伦次。

我的成绩不算坏，但性格一度害羞过分。我甚至想在众人面前藏起来，做一只遁入地洞的土拨鼠。

这样，我反而有更多的时间，阅读、散步、沉思，去独自面对自己的心灵。渐渐地，我寻找到不少隐秘的朋友，如曾经自诩为“一粒灰尘、在街头或任何地方停留都无引人注意的光辉”的沈从文，还有以“卑微的姿态”爱着俗世烟火的张爱玲——他们曾和我一样，面对世界自感卑微，自然腼腆，这其中，却藏着一份对人生神圣的崇拜，与真诚深沉的热爱。

十年后我当了记者，背着相机，挎着大包，在路上遇到一位初中同学。对方知道我去采访，挺惊诧地说，你以前不是特腼腆一人吗？我笑笑说，现在也是。

不同的是，我现在宽容甚至喜欢自己的卑微和腼腆。

当了记者后，我收到很多读者来信，不少青涩少年，总为自己的腼腆而自卑难过；我也曾亲临重要赛事的PK现场，花季少女被淘汰出局时，总是忍着泪水，握紧拳头很勇士地说：“不管结果如何，我相信自己就是最棒的！”

为什么腼腆是可悲可耻的呢？为什么一定要成为最棒的，而不愿自认卑微、就做个可爱诚实的小孩呢？膨胀的自信，是否又会挤压掉谦逊和反省呢？

如果身姿不是最独特的，位置也不是最高的，听不见如雷的欢呼，看不到炫目的荧光棒，那么，就安心地在山脚、在半山腰聆听观望吧——即使卑微如草芥，我们的世界也可以是完整而完美的，“一沙一天堂，一叶一菩提”——卑微却聪明的草芥，也会懂得将清风明月、蓝天白云收藏进自己小小的灵魂，向着每一天的朝阳努力生长，感受每一种细微的美好。

我喜欢腼腆的、低到尘埃里的灵魂，因为相信，她终会开出一朵真诚的小花来，向博大的世界，虔诚地吐露一丝细微的芬芳，并为生活的给予垂首感恩；因为相信，任何一个低微的位置，都会有不一样的美妙风景。

/ 华美的人生32℃ /

杨志敏坐在法国巴黎一间小公寓的桌前，发呆。

窗外，能看到高耸入云的埃菲尔铁塔，鲜花怒放的喷泉公园，巴黎人从容高雅地行走其间。浪漫近在咫尺，又远在天涯。

四年前，他带着妻子和女儿来到法国，一边攻读生物分子学的博士学位，一边为出行法国的各种中国旅游团担当翻译，赚点小钱维持家用，日子拮据。一年前，他终于拿到博士学位，继续攻读博士后。只要顺利毕业，势必前途无忧。

就在这个时刻，杨志敏犹疑了——他缺乏创新发明能力，更擅长完善理论，科研的路越走越窄。而在打工当翻译的日子里，他日益被那些经历丰富的商人吸引，并且兴致盎然。

他有家有口年近不惑，是按部就班，继续轻松平淡的生活，还是及时转舵，冒险迎战未知的商海?

杨志敏一筹莫展，干脆推开屋门，走进繁华的巴黎街道。

傍晚时，他被浓郁的香味吸引，信步迈进了一家高档巧克力店。玻璃橱窗内形状各异的巧克力，动辄几美元一两，让他自觉囊中羞涩。店主随意问："你是日本人，还是中国人？"他说："中国人。"店主有些冷淡："巧克力很贵，中国人很少买得起。"

杨志敏羞红了脸，又起了好胜心，竟孩子气地想：我不仅要买，还要自己制作巧克力!

那些天，他足不出户，天天翻看报纸杂志，上网收集各种相关资料。这并不比生物分子学更复杂，苦于资料不全，又无人可问。恰好，有家著名的巧克力企业招聘一名管理人员，尽管该公司远在加拿大蒙特利尔，他仍然兴冲冲地寄去了个人资料。

一周后，杨志敏接到了面试通知，兴奋地安慰忐忑的妻子："相信我一次。老做不喜欢的事情，太痛苦了，简直就是谋财害命——如果转行失败，也不过如此，不会更坏！"

妻子几乎是头一次看见他井喷般的激情，便不再埋怨他放弃专业，默默动手收拾行李。

为了一个男人延时若干年的梦想，全家飞赴加拿大蒙特利尔。幸运的是，他在竞争中脱颖而出，最终获得该职。

杨志敏勤奋聪敏，在新岗位上很受青睐，并被派到比利时学习巧克力制作工艺。学成归来，他在公司晋升加薪，前途大好。

杨夫人刚松了一口气，杨志敏又做惊人之举，准备辞职单干。他把最坏和最好的结果，用笔一一罗列，恳切地说："加拿大人每年在巧克力和其他糖果上的消费高达23亿美元，这是巨大的市场！让我试试！"

妻子沉吟不语。

杨志敏不再劝说，只是买来可可粉、可可脂、果仁、砂糖、牛奶等，在家通宵达旦地研制。在一系列繁杂工艺后，他制作出浓稠的巧克力液，又熟练地倒入自制的各种巧克力模具，一滴不曾洒漏。辛苦了好几天，桌上甚至地上，摆满了形色味从简单到复杂的各种巧克力。他黑着眼圈，乐在其中地邀请妻子："和我一起做巧克力吧，这个过程非常美妙！"

在他做科研的几年，她何曾见过他如此童真的喜悦？满屋醇香中，出于经济的考虑，她再次成全了他的梦想。

消息传出，杨志敏的朋友们纷纷劝阻，就连他的导师，一位教学严厉的法国老太太，也飞到加拿大来，苦口婆心试图劝阻。

"杨啊，你怎么和别人不一样？你完全能找到好工作，干吗去卖巧克力！"

杨志敏只是微笑着端上一个托盘，上面放有多种口味的十几块巧克力。老太太边说边吃，等托盘空了，她已心悦诚服："太美味了，我支持你！"

正式辞职时，杨志敏担心老板会骂他忘恩负义。谁知，对方粲然一笑："这是个好想法。我在比利时干了几十年，才走到今天。将来你的小店开张时，我愿意告诉你一些经验。"

杨志敏感谢上天厚待，更感谢自己不曾泯灭的激情。

之后一切顺利。他请来当地的商业银行"贷款评估团"品尝自制的巧克力，在十多位评委的赞叹声里，很快申请到第一笔贷款。

那年的圣诞节，杨志敏的“皇家可可”巧克力店在蒙特利尔市的富人区开张，自产自售。纯正浓郁的巧克力，让附近居民纷至沓来，订单越来越多。如今小店名声远扬，已成为当地一景，采访的媒体也络绎不绝。

杨志敏“希望不久能回到中国，把巧克力的连锁店开起来”。

当记者仍为他的生物分子学博士学位感到惋惜时，他爽朗地笑了：“你尝过一级的黑巧克力吗？制作时温度必须控制在32℃，控温24小时，否则减损美味。制作顶级香醇的巧克力，就是我人生的32℃，味道醇美，何来遗憾？”

让我们尊敬的，不是法国博士的名衔，而是巧克力店主的幸福讲义——剥离平庸岁月的庇护，找到独属自己的32℃，并在今后的有生之年，用热情之爱持续控温。

/我有自己的独特舞步/

18岁，郝明义从韩国只身前往台湾就读大学。走出松山机场，他仰望天空，深深呼吸，将那个9月雨夜的气息纳入肺腑。独立自由的日子，在期盼中终于到来。他虽在韩国出生，因从小在华侨学校就读，早把台湾视为故乡。

生活对他并不温顺。每次拄着双拐上厕所，他艰难无比；去食堂打饭也成了一项挑战。还总有人奇怪，为什么你腿有残疾，还要离开双亲到台湾求学？

他总笑着说，那有什么关系？我只是行动要多花一分力气！一岁时他因小儿麻痹症导致行走障碍，那是不幸，他偶尔会难过，但从不为那只瘸腿自卑。

大二的一晚，郝明义和朋友喝醉酒，回宿舍时，大门已经紧锁，他干脆把双拐扔进去，自己翻墙而入。嘿，这种气魄！又有一次，他和朋友约了聚会，去错了酒吧，邂逅了几位华侨中学毕业的学长。有位学长可能半醉了，挑衅道："郝明义，你是个瘸腿，怎么还到处看你这么嚣张？连来酒吧都是？"

他呵呵笑了，说道："你生气的样子真有趣！"

曾有朋友问郝明义："你真的从未因腿疾自卑过？"他摇头。"你周遭都没有人欺负过你？"他仍然摇头。朋友语气奇特地说："那你运气太好了。"

郝明义承认自己运气实在好。

他和别的残疾朋友接触，听到一些故事。有的父母会在客人拜访时，把残疾孩子藏到卧室甚至储物间里；有的父母会当着孩子怨天尤人，让孩子痛恨自己的出生；有的根本不送孩子就医上学，任由他们在角落自生自灭，衍生新一轮的"变形记"……

于是，这些孩子总是战战兢兢地面对这个世界。

郝明义的世界广阔而又安然。他的父母待他，绝不溺爱，也无半分厌烦。他们教他知书达理，待人接物，送他读普通的学校，花费重金为他治疗，哪怕只有一线希望。

他的父亲原是韩国的知名富翁，他几乎听惯了这样的窃窃私语："他的父亲是有钱人！为他治病花掉的黄金，打造起来都比他高啦！"他向来不以为然。

世事无常。父亲投资的一栋观光饭店建到七楼时，负责人竟卷走所有钱款，杳无踪迹。

东山再起只是神话。从此父亲褪下华服，在釜山华侨协会里做收费员，每天坐公交车，挨家挨户地去收那零头小钱。父亲似乎也自得其乐，永远是衬衫雪白，皮鞋锃亮，西装笔挺，不论晴雨。每到晚上，他聚精会神地计算白天的账目，噼里啪啦打算盘，然后说一声：“嘿，一毛不差！”

这曾让少年的郝明义很是不屑，何以这点小事就甘之如饴？

父亲就靠那点微薄薪水，供养家人，不提往事，亦不颓然。人生得意失意，他都从容，外表体面，内里温和。不论生活是否完美，不论此刻是进是退，他永远有着自己的华丽舞步。

郝明义逐渐读懂父亲，也读懂了藏在卑微工作里的深深父爱。

一个拄着拐杖的少年，何以有勇气来到一个陌生之地拓展人生？何以一直抗拒做算命、刻字等静态职业的宿命，非要看看别的可能？何以走多远都不怕，摔倒多少次都能爬起来？

只因他知道，身后总有那双深情款款而又温和宽容的眼睛，一路护航。

毕业后，郝明义创业，在汪洋里冲浪，窒息沉浮，回家累得躺倒在地板时，会想到父亲傍晚时的那一声喜悦：“嘿，一毛不差！”

如今，郝明义已经成为台湾知名出版人，首次在台湾正式引进米兰·昆德拉、卡尔维诺、村上春树等的著作，创建了大块文化出版有限公司，任董事长，在纽约、北京均设有分公司。

他并不喜欢记者把自己描述成身残志坚的成功者。那点缺陷，只是让他更骄傲。即使是健全人，又有几个能拥有他的壮阔人生？

郝明义踩着父亲教给他的舞步，在人生长路上继续滑行。哪怕是坐着轮椅，也只让舞步更为独特华美。

/ 人要有一股傻劲 /

董月霞，中国石油天然气股份有限公司冀东油田公司总地质师，曾被评为“中国十大杰出青年”之一。

她在农村长大，家境贫穷，父母都不识字，但非常支持孩子读书。

有天，村里来了一位有知识、戴眼镜的工程师，村民们都十分尊敬，父母谈起来近乎仰视，让她记忆深刻。

她问老师：“怎么才能当工程师？”老师说：“成绩能排前三名，就能考上大学，毕业就能当工程师。”

从小学到研究生，董月霞的学习成绩就没下过前三，数理化尤其好。她的想法很简单：这样，就能当工程师了！别的同学总有很多不满，抱怨经济的拮据，抱怨学习的枯燥，但她总是自得其乐。

在黑龙江的乡中学就读时，董月霞每天来回要走上二十几里路。天不亮就起床，揣着干粮，一路小跑到学校。放学了，她背着书包急匆匆回家，饥肠辘辘，看月亮挂在天上，会把它想象成最好吃的薄煎饼。

父母很是心疼，担心孩子会累坏身体，她却在学校的运动会上大出风头，成为名副其实的长跑健将。

在学校寄宿之后，董月霞一天的生活费也不超过两毛钱：早餐三分钱，午餐六分钱，晚餐三分钱。她每餐会买点米饭馒头，就着自带的一罐咸菜，吃得津津有味。那些吃着大鱼大肉的同学，她不羡慕，也不逃避。

那时，她心无旁骛，只是一门心思学习，安之若素，成绩好得让人妒忌。

1986年考大学时，董月霞报考了大庆石油学院勘探系地球物理专业。当时，她对“勘探”“地球物理”都没有概念，觉得毕业后能当工程师，挺神气的。

但一旦真正了解了这行，董月霞就深深爱上了这行，全心全意。

毕业后，董月霞主动来到河北的冀东油田从事石油勘探工作。一个女孩每天跟矿物质打交道，外人觉得不可思议，她乐在其中：“石油都埋在深深的地底下，我们要下探几千米的深度，用各种技术手段把它挖掘出来，很有意思，也非常具有挑战性。”

从事这个行业的女性如同凤毛麟角，每次同行会议交流，女代表人数微乎其微，而她的表现让男人都不敢小觑。

当时的冀东油田极小，在渤海湾盆地的七个油田当中年产量最低，仅有40万吨。尤其她刚来的那两年，油田勘探举步维艰，打一口井不出油，再打一口，还不出油。几百万上千万的打井钱白白埋在地下，谁不心疼？

1995年年底，开发评价冀东油田的可动用储量探明仅为134万吨，如果再找不到新的油藏，几千名油田职工的生存堪忧。在冀东油田这个被长期看好的探区，为什么找了多年就是没有大发现？事实与预想一再相悖，油层究竟在哪里？

董月霞时任勘探开发研究院勘探室主任，她把焦虑和猜测放在一边，一门心思找油。为了鼓励自己，她在办公桌上压着马克思的名言：“在科学的道路上，没有平坦的大道可走，只有不畏艰险沿着崎岖陡峭的山路攀登的人，才有希望到达光辉的顶点。”

当公司在老爷庙地区重做三维地震勘探之后，董月霞拿到了新的资料，立刻全身心投入。她每天在办公室工作16小时，加班到凌晨两三点，饿了就吃两块饼干。她甚至把宿舍搬到办公室附近，虽然家就在几公里之外，也没空回家看看。她常常到一线勘探，一去六七天，风尘仆仆废寝忘食，同事们说她“太拼命”，她笑笑说：“搞勘探的，就是要走遍千山万水、踏破千难万险、理清千头万绪、想出千方百计！”

17口井下去，老爷庙地区新增探明石油地质储量居然高达1360万吨。这让董月霞和同事们欣喜若狂。

不久，冀东油田在滩海打下了第一口探井——老堡南1号井。当年9月29日，老堡南1号井出油，日产原油700立方米！此后，勘探工作加快步伐，惊喜不断。

在最初“找不到油，简直没脸见人”的日子里，董月霞一直坚信南堡凹陷地层一定有油，甚至和别人打赌，年产量一定能上100万吨！

她赌赢了，筹码是一个让世人震惊的10.2亿吨南堡大油田，相当于大庆油田20年的产量，油层厚、品质好，是我国石油30多年来一次性规模储量的最大发现。

谈到自己的“幸运”，董月霞笑着说：“读书时，我比较傻，除了学习，别的东西都不敏感，结果拿到了所有的奖学金；毕业后，我一心一意工作，就想着找油，结果真的找到了……人有一股傻劲，心思单纯，就不会左右摇摆，反而能更快地把事情办好，达到目标。”

/ 只看到头顶的星辰 /

有这样一个孩子，父亲是“盲流”到新疆落脚的鞋匠，母亲操持家务，家中兄妹五人，最高学历就是高中肄业。生活平静而又平庸，谁都没有异议，除了他。

就这样过一辈子？等父亲老了，接过那个破旧的修鞋箱，走街串巷地只为讨口饭吃？在黯然失色的世俗之外，他有满腔的梦想，始终仰面向上，只看到满天的星辰。

18岁，他入伍当兵，觉得师长在部队里应该是最高级别，于是订下了“199230师长计划”，就是1992年30岁的时候，他要当上师长！

他以优异的成绩考上军校，毕业时学校选送十名学生参加对越自卫反击战，他名列其中。前线的枪林弹雨，血雨腥风，让脆弱的人更脆弱，坚韧的人更坚韧。扣动扳机时，他总是想：等我回去，一定要干番事业，不然对不起这捡回来的一命！

回来后，他被派到某部代理指导员，专门主管生产经营。他带上七八辆车在乌鲁木齐和兰州之间往返，拉运物资，半年内就给单位挣了几十万元。他生活无忧，家人很是自豪。

他仍不甘心。和朋友一起吃饭，他脱口而出：“不能当师长，就在15年之间，创办全国一流的企业！”朋友哈哈笑：“你凭什么啊？别太狂妄。”他说：“没有拿不下来的山头，没有不敢啃的硬骨头，想都不敢想算什么！”

1989年，27岁的他揣着几千元复员费，又东借西凑了三万多元，在新疆乌鲁木齐市创办了广汇公司：广纳百家之财，广交天下朋友。

公司开业后，他偶然看到四川工程机械厂和青海推土机厂的广告，招聘推销代理。这两个厂在新疆每年仅仅售出五六台机器，于是他毛遂自荐，达成协议：每推销一台推土机，得2%的佣金，卖不掉则分文不取。

他拿着一本《全疆企业通信录》就上路了，吃的是自己背的半面袋馕和一罐辣椒面，睡的是九毛钱一晚的大通铺；到乡下和团场没有公车，一般都是步行，鞋子都走坏了好几双。

十个月里，他走了数万公里，凭着学过机械专业的底子，当过指导员的口才，不怕吃苦的精神，卖出了103台挖掘装载推土机——这几乎是厂家在新疆十年的销售量。

得到一笔不菲的劳务费后，他并不满足，又瞄准了餐饮业。

乌鲁木齐有家广东酒家因经营不善，濒临倒闭。他认准高档餐厅在当地大有市场，立刻找到对方负责人，谈了整整一夜，以67万元的价格盘下酒家，又从广州高薪聘请五位厨师，第一次在当地打出了海鲜牌。

吃惯了牛羊肉的新疆人，对活蟹鲜虾退避三舍。开业不久就亏损了十多万元。

在失败面前，他同样豪气冲天，并不临阵退缩，着手寻找解决办法。

“从作战角度来讲，要攻破一个堡垒，先要找出两部之间的结合点，而且是最薄弱的点，作为主攻。”

他大大增加宣传攻势，最终让海鲜酒家起死回生，也让当地人熟悉了一个普通的名字：孙广信。

怀着一贯的干劲，他继续在乌鲁木齐开创“第一”：第一家卡拉OK厅，第一个游泳馆，第一个保龄球馆……劲头最足的时候，他竟然将产业全部卖掉，实现商业战略转移，于1993年年初进军乌鲁木齐房地产。

朋友劝他：别乱折腾啊，这点产业也够了！他说：只有更好，没有最好，敢想还要敢做！

进入地产行业之前，孙广信曾到当时名声显赫的地产公司打工，知己知彼，方能百战不殆。

当时国家收缩银根，大规模压缩基建投资项目，乌鲁木齐房地产界草木皆兵，100多家公司，破土动工的不到十家。孙广信坚持己见，不愿半途而废。危机、危险之中蕴涵机会。国家政策主要是给南方降温，新疆市场本来就冷，他相信政策对自己有利……

从修鞋匠的孩子一路走来，经历了很多坎坷，但他从不卑怯，只看到头上的星辰，而不顾暗夜潜伏的猛兽和脚底的泥泞，从战场到商场，从餐饮业到地产，始终充满斗志，才能成就梦想。

/ 敢于想入非非 /

纪晓岚说过一个故事。

某男，貌佳，自认翩翩公子，夜里出游，在荒郊野外偶遇一座庭院，灯火通明金碧辉煌，留恋徘徊，不肯离去。良久，来了一辆车，车内坐着一位二八佳人，眉目如画，貌似天仙。他读过不少古书，认为自己遇到美狐，当有佳话。

果然，车内有位年长妇人瞥了他一眼，说，这位公子气质不俗，请随我们入内。

于是，公子施施然地跟随仆人入内，也不多问，一心只想着晚上的事情，心如悬桶。干坐半晌，终于有老仆请安，说是，新郎已经来了，请公子出来主持婚礼……

这位翩翩公子不得不做了回免费司仪，回家说了“艳遇”，被人奚落一通。

他真的是愚不可及吗？如果他不是枯坐，找机会去跟美人搭讪，也许能被美人看上呢……好，打住！太过现实的我们，对根本不可能完成的任务，已经懒得想入非非。

与美人邂逅乃至相爱，那是小说编造的情节；至于跑车和别墅，是中了彩票才可能拥有的；要长出翅膀飞翔，绝对是电影里的天使……在渐渐长大成人的日子里，我们习惯了平庸、平常，习惯了没有艳遇的情感，没有钞票的钱包，没有翅膀的梦，没有惊喜的人生。

少部分人，不仅敢于想入非非，而且乐于行动。

某著名的小眼睛男，在电视剧里演一个“妻管严”，惟妙惟肖。生活中，他的妻子十分漂亮贤惠。当初，两人都是演员，第一次见面，她觉得他“长得够丑”，但是此男有绝对的善良、才气和勤奋，逐渐打动芳心。之后，他向她求婚，自己都没想到，美女居然同意了！婚宴简单，他在厨房做了一条鱼、一个西红柿炒鸡蛋，但两人的婚姻甜蜜至今。

采访过一个老总，读书时很穷，饿得吃不饱饭，都不敢参加体育活动，害怕会消耗多一点的能量。毕业了也很穷，找不到好工作，就去卖煎饼果子，卖一个大约挣五毛钱。他的梦想却很大，除了要吃饱饭，还要做中国的比尔·盖茨！竞争同行一边翻动煎饼，一边问他：“这个盖茨是哪疙瘩的？”……时下，他已经拥有了自己的电脑公司。当记者走入那间装饰简单却颇有格调的办公室时，他正在发奖品给自己的下属，以表彰对方的杰出贡献——是把闪闪发亮的车钥匙，可以打开停卧在公司大楼下的一辆崭新宝马。

还有一枚“想入非非”勋章，要颁发给一位老人汤姆·莱基。他来自英国西米德兰郡索利赫尔市，从前是建筑业老板，衣食无忧。十年前，他的爱人去世，他在人世再无牵挂，开始了另一种行走：在飞行的飞机翅膀上行走！

这种“机翼行走”活动，冒险刺激，年轻人都不敢尝试，而他趋之若骛，一次次迈上飞机的钢铁翅膀，在广袤高空纵情飞翔。他被媒体称作“疯狂的英国人”。

汤姆为了迎接自己90岁的生日，决定再“飞”一次。他的伙伴是一架古董双翼飞机，1942年出生，安全性能不可考证。

在法国加来市附近的桑盖特机场，汤姆站在了机翼上，用绳索牢牢固定好，戴好防护眼镜，对着摄像机展颜大笑。

飞机向上冲击，起飞，在300米的空中，以100英里的时速，穿越25英里宽的英吉利海峡。这是汤姆第九次“机翼行走”，也是时间最长、最危险的一次。他的脚下是蓝天似的大海，头顶是大海似的蓝天，长风呼啸而过，美景一览无余。飞机降落时十分颠簸，让人难受，但汤姆事后描述：我已经看到了英国多佛海岸的白色悬崖，十分兴奋！

成功“降落”之后，汤姆成为世界上最年长的飞越英吉利海峡的“机翼行走”冒险家。名衔不是最重要的——他已经通过“机翼行走”，为癌症慈善机构募集到上百万英镑的善款。

汤姆得意地说：“我85岁那年，还在机翼上翻过一个跟斗。很多人认为我太老了，可是我觉得自己很年轻！下一项冒险挑战，我可能会站在飞机机翼上飞越大西洋……”

这太想入非非了，不是吗？

所以我们只能立于凡俗之中，仰望这位耄耋之人的飞翔，发一些无谓的感慨，纪念一下孩提时代也曾有过的飞翔梦。

想入非非也是一种能力。平庸和精彩，就是在下面仰望和在上面飞翔的距离。

/ 启明：英雄温柔 /

他一手插在牛仔裤的裤兜里，一双长腿，站在街对面，哪怕只是蓝T恤配白球鞋，也有种会被星探搭讪的气质。

采访时，他曾想顶着正午的日头，坐在室外的咖啡桌旁，因为“男人就得晒黑点，有点男人样”。

邱启明，江苏人，央视《看见》栏目主持人。21岁涉足电视领域，从南京到上海、赴北京，闯荡19年。

高中时，他拿着一张北京广播学院的招生简章，去了其设在南京的专业考试点——江苏人民广播电台。他没作准备，只借了父亲的呢子中山装正经穿上。别人提醒：你至少得读点啥啊。他四处转悠，电台的木楼梯下有张旧报纸，登了首诗，他念了一遍，拿着去考试。

主考的胡德兰老师很欣赏他的好嗓音，让他好好考过文化课，结果他考砸了，差了五分，当时差一分要交1000块钱，家里拿不出来。还好，胡德兰老师惜才，推荐他去江苏人民广播电台对外部工作，主持一档风格柔软的节目，读读配乐散文。

从那时起，他就喜欢娓娓道来的播音风格。

几个月后，南京有线电视台成立，机缘凑巧，21岁的邱启明成为筹办期间的唯一主持人，轮流主持六个节目，混乱，也充实。他跟着身边的老师边学边用，懂得了什么是消息、专题、评论……他不逐字“念”新闻，而是“说”新闻，温和，不骄矜。

九个月后，邱启明被当时江苏省最好的南京电视台“挖”了过去，“除了英语节目没有做过，基本是万金油”。从纯粹的新闻播报生到《社会大广角》的主持，在台里干了13年，他拿奖无数，成为南京首席主播、南京名嘴。

2006年，启明进入上海东方卫视《看天下》栏目。这档全国最大型的早间新闻节目，长达两个半小时，节奏明快，启明和另外三位主持人在直播室要完全脱稿主持。他表现不俗，还俘获了芳心：牵手同栏目的女主持李函，步入婚姻殿堂。

2009年8月，他受邀进入央视频道新栏目《24小时》，三个月后却掀起一场波澜。当天有位外国经济学家建议中国以涨工资来拉动内需，启明点评说：“但愿啊，多涨点。其实咱们涨工资没停啊。只是中国老百姓习惯存钱。”他的本意有点调侃：中国人生性节俭，而且医疗、房子、养孩子都需要存钱……但几大网站很快登出“央视主播说中国老百姓不差钱”的标题新闻，他被误解，被炮轰，还要公开道歉：“是我表达意思不够完整。”

2010年6月，邱启明再次被关注。他连线江西防汛指挥部负责人询问汛情，对方感谢水利部、省政府领导关怀云云，被他两次打断：“请直接告诉我居民是否疏散。”网友赞他是“央视最牛主播”，他在博客回应：“有点担心某主任，担心他的家人所承受的压力，请大家评论时能尽量不再提及他的名字。”

2011年8月7日，邱启明加盟央视综合频道《看见》周末版，与柴静搭档。

在京工作，启明得空就回上海的家。儿子十分可爱，眼睛“清澈见底，没有任何污染，柔得杀人，清清的，让你不忍离开……”他写博客公开对爱子的期望：一、必须讲诚信，人无信，则不立；二、懂得感恩，懂得回报；三、不在乎儿子成为芸芸众生的普通一员，但得有社会责任和担当。

启明特别提醒："现在特别流行'我爸是李刚'，你爸是邱启明，一个没权也没钱的爸爸。但爸爸是一个有爱的老爸，懂得感恩和付出的老爸。"

爱儿子的启明，也爱天下的孩子。

社会不缺愤青，缺少的是做实事的人。启明在微博转载的都是需要救助的孩子的信息，并附上自己的汇款凭据，号召大家一起出力。同事、作家王开岭曾说："（启明）像故事里的孩子：不停地把搁浅小鱼抛向大海，即使鱼有千万，即使有人说'大海不在乎'，他却喊'这条小鱼在乎！还有这一条……'。这个男人'有着英雄的愤怒和女人的温柔'。"

善良的启明偶尔有点无厘头。

有问：这么帅，怎么不去拍电视剧？他答：拍过啊，十个镜头分在八集里头，绝对龙套!

有问：摩羯座有十大优点……（一一罗列）你符合几条？他答：除了前十条，全对上了。

有问：最疯狂的一件事情？他答：2007年在新疆，冬雪满山。人人都穿着军大衣。有个朋友挑战极限，一身保暖的连体游泳服，下了湖。我说这有啥难的，穿条短裤也下去了，在湖里游了20分钟，冻僵掉，差点挂了。

邱启明自称是个寡淡的人，并不热衷名利。

他拥有的最大件奢侈品，就是早在南京时期购买的私车。已经半年了，他未给自己添置过一件衣服，笑言："我穿件T恤，就没有气质吗？"

如今他一周在上海，24小时陪着儿子，一周在北京工作。

"家里家具都是孩子妈妈选的，我只有一个要求：餐桌不要欧美的，要圆桌。想象一下，晚间，家家户户飘出饭香，一家人团团圆圆围在桌旁吃饭，那种幸福，该有多踏实、多温暖。"

第四辑／臼井的平底锅

／蛋鸡和人／

舅舅带我们去看他的养鸡场。

听说过一些传闻，说是某著名快餐店的鸡翅卖得相当好，所以供货的鸡场想出了方法，让每只鸡都能长出六个鸡翅。这个消息相当令人惊悚，后来被证实是无稽之谈，但我吃鸡翅时还是不免担心：在高科技、添加剂五花八门的今天，商人为了高效益，要鸡多长出两对胳膊，也不是难事吧？

去鸡场前，舅舅就说了，他养的是蛋鸡。

蛋鸡原来如此丑陋。这是我的第一观感。

她们似乎是白色的，羽毛不洁，又瘦又小。上下两排，挤在几列长长的铁笼子里。鸡均占地面积就是一只鸡的体积。这是请人搭建的鸡场，当地的鸡场都是这样，几千只鸡，拥挤在一个屋檐下，待在固定的铁架子里，制造出可怕的令人窒息的生活臭味。

工人戴着口罩正在喂食。她们一边啄食，一边叽叽咕咕地抗议，是嫌味道不好千篇一律？相邻两只不时发生争斗。虽是女性，鸡们也被这恶劣环境弄得脾气暴躁，彼此把脖子啄得光秃秃的，不剩一根羽毛。

舅舅说，前一批蛋鸡十分漂亮，也肥壮，但是生的蛋反而不如这个批次的鸡好。看看，铁架子上果然陈列着不少鸡蛋，个个大而有光泽。人就是有办法，把蛋鸡的功能最大化，而蛋鸡本身尽可能忽略掉。

只是，这些蛋，有啥营养？

蛋鸡们从一出生就待在笼子里，每天吃着不变的饮食，干着同样的活儿。她们不能散步，不知道草地和小虫子的滋味，没有机会认识一只公鸡谈场恋爱，也看不到蓝天和星星。她们不会迁移，除非中途病故，或者已经生不出蛋被人拎走，杀掉贱卖。从生到死，她们认识的鸡们也不过左右相邻两只，听到的只有噪声，闻到的只有臭味。

她们生出来的蛋，只有被囚禁和被虐待的味道。或者，还掺点郁闷和愤怒。但最大可能是，淡而无味，麻木不仁。

过一天，下乡去玩儿。天气晴好，于是拖把椅子出来晒太阳。正对着的，是已经冒出茸茸绿草的田野。有几只鸡，正在田间啄食。为首一只大公鸡，羽毛饱满身材挺拔，不时昂首啼叫几声。身后几只母鸡，体态轻盈鸡冠红润，不时扑腾几下，互相追逐游戏。树底下，小河边，他们悠闲自在，每一只都在阳光下闪闪发光。

我由衷感叹：这些鸡，真是漂亮！

旁边的乡下大伯听见我这话，笑着问：鸡就是鸡，还有啥区别？

那是他没看到过蛋鸡。

其实，有的城里人，生活就和蛋鸡一样丑陋。挤在高楼大厦的小格子里，干着一成不变的活儿，拿着一点可怜薪水，吃着养殖场大批量生产出来的蛋和肉，身体和心灵都被慢慢蚕食得麻木不仁。

失去了自由，他们当然痛苦，但坚持留在城里。

“大城市占据着优良的资源，一定要在这里扎根！”“我们过得差点无所谓，要让孩子有个高起点。”“农村除了空气好，交通、医疗、经济、福利样样都落后。”……

乡下人进了城都会感叹，城里的菜没有菜味，肉没有肉味，只有残留的农药和饲料的味道。但是，他们仍然年复一年地去城里打工，修高楼，送外卖，在流水线上一站一天，去不同的家庭做小时工……因为收入比种地要高得多。

自由，和切实可见的金钱PK，自然落败。大部分人都愿意放弃自由生活，在大城市蹲着、站着、挤着生活。

什么时候，城市和乡村没有差距，都适合人类居住呢？

什么时候，城里人和乡下人没有区别，都能闲云野鹤地自在生活呢？

既然不愿也不能来乡下养鸡，只能暂时过着蛋鸡的日子，也要常常提醒自己：乡下那些自由自在的鸡，活得才是真漂亮。

/ 当人世没有MJ /

MJ推着购物车在超市购物。挑选了厨房的手套、甜果酱、卧室枕头，很宅男。到了儿童玩具区，他拿起一把水枪，摆出射击Pose，笑容稚气。

他孤身一人，悠然自在，在三三两两的购物者里穿行。选好了商品，他站在队伍后面等待结账，懒洋洋地靠在柜台边，仿佛天下第一闲人。

结完账，他对收银员微笑，轻声道谢。

这家上万平方米超市的老板是他的朋友，特意关门一天，以便让他自由购物。所有的营业员和顾客都是可靠的人，包括唱片公司的职员、他多年的朋友……他们不搭讪，不问候，不打搅。他们同心协力维护假象——假装他很平凡，假装他的出现不会引发尖叫和堵塞，假装不知道他总占据媒体头条。

就让38岁的迈克尔·杰克逊安静享有这一刻，在1996年的某个下午。

这样的时刻并不多见。

2003年，他带着子女在超级市场扫货，尽管超市也为MJ封场，但照片随后曝光。

2004年，他独自去了沃尔玛，戴着严严实实的滑雪面具。正挑选商品，被警察拦住。对方一本正经宣称：有员工认为您行为诡异，有盗窃嫌疑，请摘下面具，配合检查……真相大白，他只好开车走人。尾随而来的大批粉丝热泪盈眶，他从渐关的车窗做出了“V”形手势。

他在表达：OK，你们又赢了！又把我赶出来了！

他在舞台上，是神灵附体的发光体，举手投足就能让人眩晕。野性、自由、蓬勃、不可思议。下了舞台他也做不回凡人。在超市里难得的家常感觉，总被蜂拥而至的粉丝和媒体打扰。他来人世，角色就是天王，用自己的光芒照耀一大群乌合之众。朋友“用一只手可以数完”，敌人却无处不在，污蔑他是“妄图变成白人的黑色怪物”。

所以，他在歌里唱：一日复一日，我依旧孤独……

他一直在与孤独对抗。比如对超市的顽固热爱，对孩子的钟情。他五岁出道，博得大名，被全世界的陌生人追捧，但身边只有保姆、医生和经纪人。成年后他在“梦幻庄园”里修建各种儿童游乐设施，邀请孩子玩耍，弥补童年。

而这不能消解孤独，只惹来官司。

1993年和2005年，两个男孩分别控告他性猥亵。他离世之后，其中一名男孩才承认是为了敲诈而撒谎，并获得了私下2500万美元的“赔偿”。迈克尔的首席律师回忆说，当时法庭判决MJ胜诉，群情欢悦，独有他本人黯然。

“那一刻，我知道，迈克尔已经失去了对人的信任。”

最后十年，MJ失眠焦虑，滥用药物，负债五亿美元，基本花在至死不休的庭外和解上。他谙熟了社会的潜规则、战争、阴谋和谎言，但仍然力图保有孩子气的纯真和善良。直到他在筹备英国演唱会时不幸离世，始终如一。

人世不再有MJ，这位妄想追回童年的成年人，这位凭借“月球漫步”“机械舞”和美妙嗓音独步天下的巨星，这位独自支持39个慈善救助基金会的天使，不再属于地球。

高高在上的孤独，看透丑恶的孤独，心怀向往的孤独，独处静思的孤独……起初MJ逃避孤独，后来他迎合孤独。巅峰已经跨越，欲望都已满足，黑暗正在展开，一个人求什么？精神之独立、真善。这种心灵之旅，必须独自赴约。安于孤独，倾听孤独。他的王者气概、天使情怀，不是在喝彩声中，而是在天长地久的孤独中成就。

印度哲学家奥修用过一个比喻：大树树冠有多繁茂，地底根系就有多发达。根须在漫长的孤独岁月里吸收最深处的养分，在黑暗里探索生命之源。村上春树也说，一个人好比一栋房子，有卧室、书房、餐厅、阳台，还得有一间地下暗室，人应常在暗室闭门修炼，与自己对话。老年吴冠中越来越醉心于“黑”色的泼洒，而台湾作家蒋勋则认为孤独赋予生命华丽的丰富。

很多人迷恋红尘种种，抢着发力、发言、发财、发狠，跟这个世界较劲，用名利权势修补人生。却不知，唯有孤独，才得圆满。寂寞是弱者妄图抓住什么，而孤独是与心灵相处的安宁，是“虽万人吾独往矣”的强大，是无论身陷何方都面朝大海，是看到欲望粉碎真心呈现，赞一句：一片白茫茫大地真干净。

孤独背影，撑起人生。

/ 臼井的平底锅 /

那片青绿的山崖，见证了臼井仪人的高空坠落。他决然地遏止了自己的人生，时年51岁。是失足还是自杀，已经成为他永远的秘密。

他创造了令人发笑的粗眉毛的“蜡笔小新”。这个五岁小男生连续20年活跃在各种媒体，以永远五岁的童真和成人的幽默，风靡了全世界。

“大象，大象，你的鼻子这样长……”小新洗澡时自娱自乐。“小白小白，棉花糖……”小新总在和最爱的小狗玩耍。

小新幽默有趣，老少咸宜，却是孤独的。尽管他有很多伙伴，也很难完全融身其中。

这跟他的创作者臼井仪人有关。

臼井仪人向来低调，很少参加公开活动，媒体照片屈指可数，现在网络上仅有两张，还有一张是合照。直到坠崖丧生，他才被全世界聚焦。

这个男人生于日本，长于日本，执著内向的B型血。

19岁高中毕业后，他没有考上大学，读了半年技术学校，觉得寡然无味，干脆辍学。之后，他一边在超市打工，一边在设计学校念夜校。穿着职业装将方便面和泡菜搬上搬下，回到家，他铺开白纸，涂涂画画。画超市里看到的肥胖女人、调皮孩子和一本正经的西装男人……

21岁，他进入广告公司工作。六年里，他埋头苦干，少言寡语，是最普通的单车男。27岁，他第一次浮出水面，在周刊《漫画ACTION》新人奖比赛中，凭借《堕落商店物语》获得大奖。这种四格漫画当时是新鲜事物，难以得到认可。尽管获了奖，在周刊连载时却是反响平平，他十分郁闷。

又是五年，“蜡笔小新”诞生，开始在双叶社的成人漫画杂志连载，竟然一炮而红。这个小孩的日常故事十分讨喜，连载第二年被拍成动画片，在日本掀起一股“小新热”。

31岁的臼井仪人，不思慕美女，不贪图权位，把心思交付给这个特立独行的五岁男孩，将“成人的童话”延续了20年。

外界看来，他是蜡笔小新的父亲，而他看待小新是理想中更加真实、率性的自己。他眉毛稀疏，却十分喜欢浓眉毛，于是“画”给小新；他个性内向，小新却能随心所欲，童言无忌；他身负社会与家庭的双重重担，常觉沉重，小新却只需要吃喝玩乐，还有小白和动感超人；作为成年人他必须克制人性的弱点，小新却可以好色贪吃、做恶作剧，顶多被打得满头包。

据媒体报道，小新家里母强父弱，也与臼井仪人的家境相似。“夫人不但管教女儿，连他也不放过，家中一切大权，都由她掌控。”

种种压力，臼井通过“小新”来释放，变成笑话和糗事，也传达出社会百态和人世辛酸。此外，他常常独自出外登山。这也是他逃避现实世界、化解愁闷的途径之一。

漫长的20年，5岁和51岁，日益拉大差距。“小新”哪能承载一个51岁男人的苦闷？对衰老的恐惧，创作力的枯竭，日甚一日的孤独感……近几年，臼井笔锋沉重，画风变化，不再无厘头，笔下人物也常罹难。

在日本已经出版的8月刊上，“小新”耷拉着两道粗眉，在浓重的阴影中说：“我很快就要起程去远方了……”“我要在死前，向娜娜告白……”

或许，这是臼井在跟世界郑重告别。

9月11日清晨，臼井独自前往日本某公园的荒船山登山，临别前一如往常：“我晚上回家！”当晚却毫无踪迹。家人致电手机，无人接听，翌日报警。

警方搜索队苦苦寻找，无功而返。直到9月19日，有登山者在荒船山发现一名“受伤者”，警方赶到后，发现此人已被摔成两段，崖底只有上半身。经过鉴定，遗体正是臼井。

现场没有遗书，随身物品完好，警方初步认定臼井是11日下午失足坠崖致死。臼井的相机里，最后一张是青绿无边的山崖，视角从上往下。他选择了惨烈离开，归于自然，寂然无声。

网络公开的照片上，臼井穿米黄色休闲西装，配淡绿色T恤，细眼短眉，清秀腼腆。淡然的微笑背后，隐藏着怎样的黑洞?

他无疑是日本乃至全世界很成功的漫画家之一，然而，他曾经有多么幸福，或者不幸，只有他自己知道。

小新有句经典话语。老师问：“蝌蚪长大以后变成什么？”小新答：“平底锅。”

对于从不线性思维的臼井而言，重生后会化身青蛙还是平底锅？都只愿他比此生更快乐轻盈。

/ 无论是鼹鼠还是鹰 /

那一年，30岁的民工魏青刚成为央视“感动中国”人物之一。

在十位获奖者中，魏青刚其貌不扬，走上舞台乐呵呵的，小眼睛眯成了一条缝，身材略显瘦弱，看上去一点也不英雄。

屏幕上开始回放他的英雄事迹，是事发时一位摄影记者恰好抓拍下来的。

当日七级大风“麦莎”肆虐岛城，有位女子不慎落海，围观者甚众，包括熟悉水性的渔民，但都不敢下海，怕被浪打晕，更怕被推到礁石上粉身碎骨！唯独他，三出三进，在波浪汹涌的激流中奋力搏斗，试图相救。40分钟后，女子救上来了，他冻得瑟瑟发抖，拿起裤子和鞋子就走了。旁观者们纷纷感叹：“还以为是认识的人才救呢，这小伙子，真不错！”

应市民们的热烈要求，各路媒体想方设法询问英雄来路，终于查明：此人名叫魏青刚，是建筑工地的一名普通民工。

魏青刚在传诵中成了名人。被救女子在医院抢救无效死亡，但她的家属仍然满怀感激，赶到魏青刚干活的工地，掏出500元，聊表谢意。他惭愧地推拒了：“也没能救活……虽然我很穷，但是救人不是为了钱！”

他生于河南，世代务农，几个月前女儿因病住院，全村的人自发捐款，都不富裕，也凑了一万多元钱。他就是在这样善良的村落长大。

跳入一米多高的浪花救人，无他，不过出自善良本能。

所以，当魏青刚面对蜂拥而至的采访和荣誉，有些发蒙。他远在家乡的父亲也跟着火了一把：“这次好多小轿车拉着大领导来家里，吓得我以为儿子办啥错事呢。救人啊，应该！过年能回来一趟最好！”

等到过年时，偏偏魏青刚更忙。戴红花、作报告、奔赴各种饭局、在聚光灯下正襟危坐……越是庄重华丽的大场合，他越觉得孤单不安。

16岁他就出来打工，从砖瓦厂到采石场，又干了八年室内装修，就是没有干过“名人”这活儿。他对记者发牢骚：“我就是会点水，这事儿闹恁大是不是过分了？”

这个单纯到可爱的英雄，逐渐被公众媒体控制，甚至转变了人生轨迹。

在入选“感动中国”人物前后，河南老家县城为魏青刚在最好的地段批了间门面，让他回去开了家装修公司。魏青刚懂得如何装修，对财经预算、开拓市场却一头雾水，商场鏖战屡屡落败。公司运营不畅，压力太大，本来踌躇满志的魏青刚不堪重负。

“以前我就知道干活，该吃就吃，该干就干。现在自己开公司，要发工资，管员工……真累。”

正在进退两难之际，郑州一家大型装修公司发来邀请，聘请他为部门经理，主管工程质量，月薪3000元。

魏青刚很快答应了邀请，低价转让出自己的店面，穿上西装，打上领带，坐上了办公室的大转椅。有人问他：“那可是大公司，你懂管理吗？”他说：“唉……对方说没什么难的！”

果然，他的工作无非是陪着客户吃吃饭，以“英雄身份”满足一下对方的好奇心和虚荣心。一天两天尚可，天天如此，他觉得无聊透顶。晚上，他常常怀念当英雄之前的生活，没有光环，却很快乐。

朋友劝他：你要是不开心，就回去吧。

魏青刚说：不能回去，太丢人了。

可是，自己做花瓶就不丢人？他每晚失眠，终于在一个月后离开，回到了青岛，用奖金里最后剩下的15万元，租了一套100多平方米的别墅，开了一家“魏青刚装饰工程有限公司”。

公司一直亏本经营。

他的手下抱怨：“魏青刚一个人干了几个人的活儿，老总、副总、业务员、监督员……就是为了省钱！进料时老想进些便宜货，可是请客吃饭又极大方，该帮的，不该帮的，他可热心着哩。简直没个原则。”

这位英雄如此经营，一年后公司已经无法运转。

别人替他犯愁，而魏青刚用光了最后一分钱奖金，仿佛也耗尽了最后一点英雄的光环，竟然觉得轻松了。他关了公司，找出自己用了多年的工具箱，回到了建筑工地，又干起了老本行。

镜头下，工人魏青刚穿着蓝色工装，戴着安全帽，在轰隆隆的工地埋头认真地抹水泥，技艺娴熟，得心应手。他忽然抬起头，对着镜头笑了笑。

从那个笑容里，你能读出幸福、快乐，和兜兜转转终于找到位置的安然。

鼹鼠喜欢低调的温暖，而雄鹰则爱搏击长空——幸福无所谓优劣，而是你看透内心，选择了适合自己的生活。

/ 遭遇抑郁症 /

这个时代尘土飞扬地来了，带来了更大的城市，更多的高楼，被撂荒的田地，迷惘的人们。

抑郁成为了一个流行词。

据世界卫生组织、世界银行和哈佛大学的一项联合研究表明，抑郁症已经成为中国疾病负担的第二大病。

最新的患病人数并不确定。2007年有官方报道，我国抑郁症人数估计超过3000万。解放军总医院副院长范丽教授2009年明确表示：“全国抑郁症患者超过2600万人，其中10%~15%选择自杀。”

不少病人觉得“抑郁症”不是病，羞于问医，亲朋好友也不知道送去精神科，有的还歧视和疏远。他们生活在一个人的孤岛上。我们都可能成为他们。中国精神卫生人力资源不再缺口，媒体平台扩大对抑郁症的报道，公众逐渐消除对这种疾病的恐惧和歧视，病人能主动求医配合治疗——期待能否变成事实？

抑郁症是一种常见的“精神感冒”

人都有不良情绪，偶尔会感到抑郁，寝食无欢，只愿闭门独守——能及时排解就好。但如果这种低落、焦虑的情绪反复发作，睡眠、思考和言行等方面明显出现障碍，甚至丧失生活自理能力……情绪就已经硬化成为一种精神病症，必须积极治疗。

抑郁症是在精神科里自杀率最高的疾病。病症严重时人会出现幻觉和妄想，产生极端的自我怀疑而自杀。世界卫生组织和美国哈佛大学公共卫生学院预测：到2020年，抑郁症将成为人类死亡和残疾的第二大疾病。

主演过电影《太极旗飘扬》的韩国知名演员李恩珠，曾前往医院精神科，自述“对任何事都提不起兴趣，记忆力衰退，精神无法集中，没有胃口，每天睡眠不到一小时……”。她被诊断为抑郁症，拒绝了住院治疗，半个月后在卧室悄然离世，遗书落有泪痕：“真的好想工作。不是我不做，而是陷入不能做的境地。”李恩珠曾坦承“天性孤僻，追求完美”，渴望拥有妮可·基德曼那样的演技，“一个眼神就能让观众颤抖”。她离去时，年仅25岁。

张国荣选择在2003年的愚人节从16楼跳下，似乎结束生命，只是他和世界开的一个小玩笑。其经纪人陈淑芬在五年后回忆往事，说张国荣很多事都介意，又闷在心里，被确诊为抑郁症后，担心媒体乱写自己精神有问题，勉强去看精神科医生，后来发展到运动障碍、手颤、失眠、出冷汗……她哽咽地说：“他想快点好，他非常舍不得（离开的）。可是状态好像越来越差，他去世前一年都很痛苦。”

这些知名人士生活在聚光灯下，美貌、财富和地位，一样不缺，精神健康却濒于决堤。他们离世后，后人写了无数诗意的悼念文章。张国荣有首老歌

《我》更是频频被怀想："谁都是造物者的光荣/不用闪躲，为我喜欢的生活而活/不用粉墨，就站在光明的角落/我就是我，是颜色不一样的烟火。"他在众人的回想里化为最美的烟火，却被遮蔽了抑郁症患者的身份。硬汉海明威，王妃戴安娜，都曾是无助的抑郁症患者。

美国学者苏珊·桑塔格在《疾病的隐喻》里，反对对疾病的过度阐释，而忽略了疾病的本质。实际上，在精神科里，抑郁症是一种高频发的"精神感冒"，要防微杜渐，以绝大患。

精神科专家吉中孚教授在2007年表示，我国62.9%的患者在出现抑郁症状后从未就医，只有10%的抑郁患者接受正规的药物治疗。

除开对精神疾病的无知，害怕遭到歧视，也是很多病人不去问医的原因。

有位朋友在一家外资企业工作，能力很强，但长期压力巨大，患上抑郁症后，被减薪甚至停职。他在医生的专业治疗和家人朋友的鼓励下，艰难地走过了那段灰色时期。

他很感叹：不知道有多少人像我这样，因为抑郁症遭受不公平的待遇？还有多少人没能走出来、独自挣扎？我们更需要社会和公众的理解。抑郁症患者不是天才，也不是疯子。

面对恐惧，接受自我

一个人患上抑郁症，起因各不相同，复杂而又微妙。究竟是性格悲剧，遗传因素，外界环境的持续刺激，还是种种因素的合力？

抑郁并不等同于抑郁症，前者是一种情绪或者性格气质，而后者是一种脑内生化物质发生紊乱的精神疾病。

一般人的"抑郁"事出有因，比如失恋、失业、生病、欠债，时过境迁也就好了。

有的人好比内存太小的计算机，对不良印迹念念不忘，难以解脱，久而久之，就会发展成严重的抑郁症。

还有一部分人的抑郁来自性格和遗传，生来孤僻内向，属于宅男宅女。不擅长与人交往，自我要求很高，受到挫折往往会自责自卑，甚至发展到狂躁，形成病症。

认识一个男生，总是独来独往。毕业后，他考研不顺，找工作受挫，只能去了一所镇中学当语文老师。一年后他辞职去沿海发展，却处处碰壁，还是落魄归乡。当时，他已出现行为异常和幻觉，被医院确诊是重度抑郁症。他在当地医院治疗了两个月，病情基本控制后，他再次发愤自学，考取了上海某大学的自费研究生，又交不起昂贵学费，只好重新执教。平常的一堂课，有个学生不听课还顶嘴，竟被他提了起来，打开窗户扔了出去……

抑郁症患者一般并不具有暴力倾向，这个极端的悲剧也提醒患者：必须尽早接受专业治疗，坚持治疗。这个男生具有多种症状：认知歪曲，人际关系障碍，对压力采取不健康的应对方式，就需要分别对症治疗。

这是一个长期复杂的过程，心灵的破碎，往往只在松懈的一刻。

某大学的博士后，家境优越，成绩优异，从小到大都是贴在光荣榜里的人物，自视甚高而缺乏知己。她很艰难才找到一个几乎和她同样完美的爱人。当她发现男友背着她还有亲密女人时，完全崩溃。自杀未遂，她在家人的苦苦劝解下答应活下来，并被送进医院治疗。出院后的一天清晨，她给男友拨通了电话，一言不发，拿着手机，跳下高楼，以躯体碰撞坚硬地面的声响，对其施以最后的惩戒。

人们需要挫折教育和心理调适，尤其在励志教育和完美主义盛行的社会。新的科学研究发现，“我们容易陷入一个隐藏的心理陷阱：越是努力追求幸福，越会长期遭受痛苦的恶性循环”。一直奋勇前进，承受极大压力，难以消除对所谓不成功的恐惧，难以接受失败的事实——这样的人潜伏在各个行业，各个年龄层次，各个社会角落，炸药包随时可能被引爆。

电影《指环王》里的那枚魔戒，闪闪发光，诱惑着哈比人，让他失去将它掷于火海的勇气。魔戒的力量，正来自人类内心的怯懦、贪婪、控制欲、完美倾向……这是一种普遍的人性。但不可能每个人都有天赋和运气爬到金字塔尖，“十全九美”也只是电影里的噱头，学会接受现实，接受有缺陷的自我，平淡自有它的味道。

虽然孤僻清高的性格更容易导致抑郁，但也常常独具天赋，更多的人甚至在享受孤独。如果在独处的时间里，他懂得如何跟心灵对话，懂得汲取能量，经秘密途径抵达平和欢喜之地。

台湾作家蒋勋的《孤独六讲》，谈到各种孤独的形态和本质，温暖亲切；日本漫画家宫崎骏离群索居，喂养着自己的忧郁；法国思想家卢梭曾说，“唯有在孤独和沉思的时候，我才是真正的我，才是符合自我天性的我”。

哪一种性格都不是导致抑郁症的必然因素，消除恐惧，接受自我。

找到一个好大夫

抑郁症除了跟个人因素有关，也跟社会发展水平相关。竞争激烈，矛盾增加，贫富差距拉大，引发了中国人的心理疾患，人们普遍感到压力、焦虑和疲惫。另一方面，资源分配的不公，就业模式和保障体系的急剧变化，让人心理失衡，缺乏安全感和归属感。

吉中孚教授表示，现在抑郁症患者有年轻化趋势，大学生、白领等患病率持续升高。

失恋，学业不顺，毕业后就业难、工资不如预期……都会成为抑郁症诱因。此外，企业家、高级管理人员、公务员、医生、警察、打工者等各行各业，也不乏抑郁症患者。

英国医学杂志《柳叶刀》2011年的一项研究表明：中国患精神疾病的人数比过去预料的要高得多，其中绝大多数从未就诊。

除了患者本身认知等因素，基层医护人员的缺乏也造成治疗率偏低。逐渐上升的患病人数，让精神科医疗资源愈显紧张。据2007年统计数据显示，中国有约1.7万名精神科医师，每十万人才有一位精神科医师，只有一成患者得到了专业治疗。不少患者即使就医，也是去普通医院的内科。四分之三的抗抑郁药都是非精神科医师开出，药量的不准确可能导致病人病情加重。

2011年10月10日是第二十个“世界精神卫生日”，主题是“对精神卫生进行投资”。世卫组织通报，全球每四人中就有一人需要精神治疗，而大多数国家在精神卫生方面的人力和财政投入严重不足。

在发达国家的综合性医院，心理医学已经成为临床医疗服务的五大科室之一。中国也有专家建议，综合医院应开设普通心理门诊，可以减少误诊、漏诊现象；最近，北京朝阳医院新设了心理和失眠专业门诊，让患者方便求医。

抑郁症早发现，早治疗，预防就好。抑郁症首次发作后，有的病人半年可缓解病情，有的则需要两年。如果每次发作都不去治疗，复发率升高，而治愈率降低，反复发作的病人会出现中枢神经系统不可逆的损害，成为“精神残疾”。

所以，确诊后必须接受最基础的药物治疗和心理治疗，必要时还应接受物理治疗，调节紊乱的神经递质代谢。北京大学第六医院副院长王向群表示，只要在专科医生的指导下接受系统治疗，至少七成首次发作的患者的症状可完全消失。

在中国，不仅对精神病人，对精神科医师也存在偏见。上海精神卫生中心张明远教授曾说，很多人问他老跟精神不正常的人打交道是否倍感压力，“其实，病人从来都不是我们的压力，我们的压力源于社会对精神病人的歧视”。

“从医50年，我被病人打过两个耳光，不过这两个耳光却是病人给我的‘礼物’，这让我更加同情他们，因为他们在发病的时候完全身不由己。”

一个专业、敬业又有爱心的精神科医师，是抑郁症群体的希望。

普希金有首流传至今的诗，“不要悲伤，不要心急！忧郁的日子里需要镇静，相信吧，快乐的日子将会来临，心儿永远向往着未来……”

送给所有仍在挣扎中的抑郁症患者和他们的家人，送给仍在为这个群体操劳和奔走的精神科医师和护士，送给每一位理解、有爱的旁观者。

/ 飞越疯人院 /

是不是疯子，不是自己说了算。

某咖啡馆老板兼画家郭海平对此深有体会。有一段时间他对艺术非常痴迷，日子过得颠三倒四：他不愿上班，不愿按时作息，不愿跟人交流，对盘问和惊诧一律抵制。

别人睡了他醒着，拿着画笔狂热作画；别人上班他倒床睡了，一直睡到太阳下山。画得不顺畅的时候，他会摔东西，关着门大吼大叫。

邻居开始窃窃私语，看他的眼光，犹如他已经疯掉。

他的父母有些承受不住。大儿子在18岁被确诊为精神分裂症，疯到了60岁，难道小儿子也不能幸免？他却满不在乎：“你们知道割掉耳朵的凡·高？在精神病院自杀的蒙克？他们都是大艺术家，画作惊世骇俗，我打算那样疯掉，还不够格呢。”

同时，他也觉得郁闷：“凭什么我的生活和你们不一样，就被贴上‘精神病’的标签？就要被你们怜悯、俯视？”

于是，42岁的男人突做惊人之举，关掉咖啡馆，决定搬到精神病院去住。旁人问：“你就不怕被精神病人拿刀砍了吗？”他一笑置之。他想走近精神病人，探讨那个异乎常人的世界；他甚至想教他们画画，探讨天才和疯癫之间的距离。

带着画笔画架，背着被褥行李，他来到了一家精神病院，却被拒之门外。哪有正常人要住精神病院的？

他的执著顽强超乎人们想象。十个月后，他终于走进了那扇大门，领到了一套蓝条纹的病号服，住进了精神病院。

刚进去时，他也有些害怕。病人们三三两两在他身边游走，有的喃喃自语，有的大唱儿歌，有的傻笑，有的尖叫，但他们基本都在自己的圈子里活动，不会伤人。他想起了自己的哥哥，胆怯怕事，在受到嘲笑侮辱时，才会完全情绪失控。

熟悉情况之后，他在医院的支持下，开办了一间专门的艺术活动室。

第一天，活动室来了100多号病人。面对油画、水彩、彩色铅笔、油画棒、陶土等艺术工具，有的病人转身就走，有的则拿拿捏捏，大感兴趣。

他鼓励病人们拿起画笔，随便画点什么。一个小伙子每天只画三幅小画，解释说：“我喜欢三这个数字。三很有灵魂，甚至很有激情！”另一位姑娘自从爱上绘画，就梳理好乱蓬蓬的头发，穿戴漂亮，每天神采奕奕赴约似的来活动室。

就在这类人里，他还发现了两个大师级的人物。

一个是小张，32岁，之前在街边摆个馄饨摊为生，因长期遭受地霸的威胁恐吓，导致精神崩溃。他给自己的每幅画都取了名字：《怒吼》《挣扎》《分裂》……《挣扎》的底色是耀眼的橘红色，无数粗大的黑点环绕着中间表情呆滞的人头，让人印象深刻。他画得随心所欲，却能轻易传达出情绪。

还有一个王某，无论画“第一次看见的火车”，还是“自家门前的三座大山”，都是画俯视图。王某说：“从天上去看，火车和山，就是这个样子的。”对此，郭海洋目瞪口呆。他后来对记者说：“精神病人的精神世界真正自由。王某爱画俯视图，因为他认为自己就在天上飞翔。”

这群绝大多数不曾有过绘画经验的病人，在三个月里，共完成了300多幅作品。这些作品让医生护士们叹为观止。他最终离开精神病院时，很多病人与他拥抱告别，又让医生护士大为惊奇。

他曾以这些不同寻常的画作，出版了《癫狂的艺术》一书，并且在北京798的工场画廊举办展览。

展览当日，他遭到各种质疑：说他作秀，妄想炒作出名；骂他没事找事，拿精神病人寻开心；批评他对艺术了解太浅薄，一群疯子的涂鸦之作也来开画展……

他始终平静，面带微笑。面对一位锋芒毕露的年轻记者的追问，他说：“我还将筹建精神病人艺术馆。我不在乎外界的争议和辱骂，我只在乎我所做的，是否能让他们真正受益。我只在乎，我们能否摆脱偏见，重新审视精神病人群体——他们有时的确值得我们仰视，而不是歧视。”

他走后，那家医院的艺术活动室一直开着，病人们仍然爱去那里画画，游玩，消磨时光。他们不时拿起画作自我欣赏，露出满足的笑容——画室里留下的尊敬和理解，在温柔地抚平他们的伤口。

飞越疯人院——有时只需一支画笔，一个没有歧视的爱的眼神。

第五辑／用什么照亮黑暗

/

/

/

/心灵的秘密花园/

1972年2月21日下午，美国总统尼克松走进毛泽东的书房，基辛格曾描述过："这房间看上去更像是一位学者的隐居处，而不像是世界上人口最多的国家的全能领导人的会客室。"这个"我们在一起可以改变世界"的重大外交事件，就是在这间书房里完成的。

毛泽东说，我一生最大的爱好就是读书。读书人必有读书处。

书斋或书房那是个人最核心的秘密花园，如同现代人的个人电脑。

在历史上，"南书房行走"还成为帝王的一种褒扬肯定。南书房是康熙皇帝读书学习的书房，也是宫廷御用机要秘书机构，在翰林官员中"择词臣才品兼优者"入值，称之"南书房行走"。雍正年间始建的"上书房"是清代皇家子弟学校。屋有三层，分别为"前垂天贶""中天景运""后天不老"，故有"三天"之称。乾隆帝在圆明园书房内也亲笔题了"先天不违""中天立极""后天不老"三块匾额。

要真正认识文化名人，非走入他的书房不可。

打开一个个家门，扑鼻而来的是人间烟火的气息。生活水平飞速提升，电视、空调、高级音响等现代西洋客厅文化昭示着现代人的精神世界，承载有限，导入浮浅，铸造一种看似丰富实际虚白的生活。

当我们徜徉名胜古迹，在偏僻古镇发呆的时候，却忽视了——其实最该心游、卧游的就是自己的“书房”。

本文所述，并非一般读书学习的用功书房，而是闲雅玩赏、妙用鉴裁的精神生活方式。“明窗净几，焚香其中，佳客玉立相映，取古人妙迹图画，以观鸟篆蜗书，奇峰远水；摩挲钟鼎，亲见商周。”

不同于现代的客厅文化，古代精英文人们营造的精神意象就是以书斋文化为核心的生活方式。世上最有文化之处，莫过于书斋。传统的文人，即使家徒四壁，没有厅堂，也会有简陋的书斋。

戴名世在《意园记》中悬想这般的生活意境：“其童子伐薪、采薇、捕鱼，主人以半日读书，以半日看花，弹琴饮酒，听鸟声、松声、水声、观太空，粲然而笑，怡然而睡，明日亦如之。”

在生活中开辟一个非世俗的空间是士人生活的重点，这个空间规模的大小不一，但其作为隔离世俗，容纳自我，营造清闲的意义是一样的。

书房可以很小，但独坐凝想，自然有清灵之气而来。高濂说过一段妙语：书斋宜明净，不可太敞。窗外四壁，薜萝满墙。

无论规模大小，耗资多少，书房都是一种精神空间的经营，是“非世俗”人生的根据和起点，可以让你隔离世界恶浊之气，逍遥自乐。

/ 被摧毁的东西 /

他曾是我们高二的班长。瘦瘦的眼睛，瘦瘦的下巴，整个人皱缩着，像一片失去水分的树叶。被选为班长，原因在于他非常非常勤奋。

当时，班主任严肃地说：“明年就要高考，大家必需像黄同学一样勤奋！他早自习到得最早，下课后走得最晚。晚上同学们都睡了，黄同学还在走廊的灯下面刻苦读书。走廊的灯坏了，他就在厕所门前灯下读书……这种精神非常可贵！”

当时，新当选的班长埋在课桌的书本堆里不肯抬头，露出的一只耳朵红得刺眼。

为了提高升学率，学校明文规定：本班学生中考上一个重点大学，班主任可得5000元奖金，考上一个普通大学，也可得2000元。如果无一人考上，则扣除当月奖金。这样的激励制度，使得当时月薪不过千元的班主任就像《半夜鸡叫》里的地主，恨不得取消黑夜，逼迫我们读书再读书。

学习任务的枯燥繁重，班主任的反复加压，使我们对于这个新树立的勤奋标兵，大多不以为然。果然有好事的同学咕哝：“黄某是勤奋，成绩却只是中等，我们也要学？”班主任说：“成绩不理想只是暂时的！大家知道，黄某家里很穷，每天他只买三个馒头充饥，坚持学习，多不容易！”

黄某将头埋得更低了，连那只耳朵都藏了起来。

从此以后，黄某成为一帮浑小子最爱打趣的对象。

“昨晚又去厕所读书了吧，那么臭的空气，是不是能提高学习效率啊？”

“每天三个馒头当然吃不饱，难怪猛啃书本！”

他不争辩，只是埋着脸读书，耳朵红了又白，白了又红。透过那件洗得薄透的旧衬衫，有时能看到他单薄的身体气得瑟瑟发抖。

恶作剧愈演愈烈。

每次发放考过的试卷，老师们都有个习惯：按照分数从最高分发到最低分。念到黄某的名字，总有同学起哄说，向班长学习！把前20名留给别人！

每次来到教室，黄某都会发现文具盒和课本被丢在地上，还留着狰狞的泥脚印。他蹲下身拾捡好，颓唐地坐在椅子上，用胳膊抱住了头。

还有一次上课前，他刚坐下来，忽然尖叫出声，吓得我们都“哎呀”一声注目于他！原来，他从课桌里掏课本，却掏出一条金光闪闪的滑腻肥硕的长蛇！那条蛇已经死了，尖脑袋被砸得血肉模糊，甚是恐怖。

这样的事例，举不胜举。他是闹剧的丑角，而我们是乐此不疲的导演和看客。

半年后，黄某忍无可忍地找到班主任，提出辞职，却被批评了一顿，继续灰头土脸地当学习标兵。一月一次的班会上，腼腆而怯懦的他，还被班主任指定必须发言，谈谈自己是如何勤奋学习的。

那次发言，我们都记得很清楚。他站在讲台上，犹如一个犯人，脸色发青。班主任催促了几次，他嘴张了几次，就是发不了音，只有稿纸在抖动。最后，他开口了：“我还不够勤奋，或者是——太笨，所以成绩上不去。我不值得大家学习……”说到“太笨”的时候，他死死咬住嘴唇，他的自尊心已经到了承受极限了。

这时，有的同学得意扬扬地笑了，班主任拍案而起。这个发言无疑是对他的极大抗议。他勒令黄某好好准备，下个月再认真发言。

那天晚自习，黄某破天荒地缺席了。

两天后黄某才回来，整天都无精打采，靠着课桌打瞌睡。被班主任叫去时，他就像一个抽去筋骨的稻草人，风吹吹就散了。

这个稻草人再也不肯勤奋学习了，甚至隔三差五地逃课。他的成绩直线下滑，变成了一个名副其实的差生。一个月后，班主任恨铁不成钢地将他免职。他面无表情，将课本、练习册拨弄得满桌都是。

同学们渐渐遗忘了这个曾经的学习标兵。

一年后的高考，黄某当然落榜了。听说他老老实实地扛起了锄头，倒是他的妹妹，从外地赶回家，在田头跪了下来，对着哥哥痛哭一场。当初，成绩优异的妹妹执意辍学打工，只希望哥哥考上大学带她去看看……

一别十年，听说黄某做了菜贩，辛苦惨淡地生活。想起他来，心底总有一份深深的歉疚。

当初我虽没有参与对他的捉弄，但我也是哄笑的旁观者。无知的莽撞少年们，将对制度的敌视，集体嫁接给一个贫困男生，并剥落了他最后一点自尊……他的人生，远在高中时代就已经改变了。

鲁迅先生曾说："优胜者固然可敬，但那虽然落后而仍非跑至终点不止的竞技者，和见了这样竞技者而肃然不笑的看客，乃正是中国将来的脊梁。"

——可惜曾经的我们，在那样的环境，除了成为学习机器和机器破坏者，什么都不是。

/ 微博是把双刃剑 /

一条微博只有短短几行，渗透性却极强。

上海谢耕耘教授有个好比喻："一种传播媒体普及5000万人，收音机用了38年，电视机用了13年，互联网用了4年，而微博只用了14个月。"

每天都有新微博。来看某网站微博首页，某日滚动的热门话题："美洲杯""杭州最美妈妈""家乡小吃""京沪高铁故障""变形金刚3""聊拒载遭遇""大地的裂变""假洋牌风波""帮助微力量"等。

有体娱新闻。一部卖座电影《变形金刚3》，一个好玩的电脑游戏《魔兽世界之大地裂变》，足球精彩赛事“美洲杯”，都有几十万上百万的人在谈论。

有好人好事。杭州妈妈吴菊萍，徒手接住不慎从十楼跌落的陌生女童，被誉为“最美”；而一档民生公益节目《帮助微力量》与观众积极互动，你坐着看电视，就可以日行一善。

有公民监督。京沪高铁四天三起故障，引发网友对铁道部服务意识和技术保障的质疑。

有斥责鄙薄。“达芬奇”天价家具被揭露属于假洋牌，并非意大利制造，有网友调侃：“郭美美还没结束，又来个‘达芬奇’，生活每天都在看电影。”

……

微博的娱乐性、对公共事务事件的观察以及推动，带来信息快速传播和沟通、对话平等，都让人欲罢不能，构筑这140字的游戏，从京沪高铁聊到锋芝婚变。惜字如金的潘石屹、海归李开复、明星姚晨、台湾人气主持蔡康永，都是“微博控”。

政府机构、企业单位、医院、大学也利用官方微博发布信息。

日本地震造成核泄漏事件后，某些地方被“盐荒”的恐惧笼罩，政府相关部门通过微博澄清谣言，稳定民心。广东省委书记汪洋在一次会议中，号召领导干部带头开微博，不做网络菜鸟，通过网络了解民情、汇集民智，使网络民意能够在领导决策和政策执行当中体现出来。

公益微博还成为企业提升人气、宣传品牌的途径。某公司官方微博发起了“一次转发一瓶水”为主题的公益活动。参与者转发一次，该公司即向旱区的希望小学捐赠一瓶饮用水。截至活动结束，微博转发超过23万次。

另一方面，微博对个人隐私的人肉搜索，对谣言不负责任的转播，以及信息碎片带来的快餐式阅读，又让人不无隐忧。

某新媒体CEO曾说，微博是个屁！

此言一出，板砖四起。该媒体编辑不敢删掉一条骂帖，因为该CEO认为观点的交锋才是网络的王道。他认可微博的生命力，尤其微博代表民众和政府之间对话，消除话语不对称空间，对历史的推动力巨大。“但微博只有140个字节，在微博里产生不了逻辑，没有事实，就是口水，就是观点。如果你有个孩子，让他看大量口水的话，对他知识的获取，对他逻辑思考能力的建立是极为有害的……从这个意义上讲，我依然坚持‘微博是个屁’！”

不过，该媒体网站仍然配置了微博。他们认为，不能把自己的情怀强加于网民。

另一公司董事长也在博客撰文，认为微博使人脑“沙漠化”。

“如果我们的文化是浩瀚的大海，博客就是海边的贝壳，微博就是海滩上的细沙。如果没有了大海，贝壳和细沙将会怎样？当我们日益沉浸在140字的微博盛宴时，我们可能在创造一个文化的沙漠，我们用微博淹没一切的同时一切也会被微博淹没……”

微博已经改变了我们的生活，正在改变我们的思考习惯和阅读态度。如何善用微博的力量？仍是长路漫漫。

／用什么照亮黑暗／

我采访过一些有名或者无名的企业家，也有过一些“白骨精”的朋友。他们都有点钱。

他们吃饭去的地儿，他们开的车子，他们的手机、笔记本和衣服，甚至他们住的房子，我有过机会近距离观摩，然后有足够的时间产生失落，连带一点穷人的虚伪的高傲。

豪车行驶时如船行风中，毫无震动一驶千里，音响一流，上下车时莫名其妙就让人产生一种美好感。宽敞的房子很华贵，卧室大，卫生间大，书房更大，你可以把一家老小都接来，不必担心晚上不方便说悄悄话。

平常他们很忙，用秒计算时间。所以当他们休息时，会随心所欲。譬如去国外哪片海滩潜个水，譬如去国内哪座山水别墅群消个夏，譬如去哪片高空领域蹦个极跳个伞，譬如……这个休息项目名单应该很长，但我所知有限。

其实，都是常人，有得必有失，也有自己出不来的陷阱。

有位海归，确定采访后派人用奔驰车接我。在他的办公室，他说最初的奋斗史，谈当下的光荣史，如长江之水滔滔不绝。他翻开一本相册，里面全部是他跟外国地区政要和中国地区政要的合影。时光荏苒，照片仿佛一分钟纪录片，能看到他从留学的浪荡小青年，如何变成了西装革履、表情沉重的中年男子。背景换成了越来越大的车和住宅，但他的笑容，越来越少。

采访中，他接到母亲电话，问他心脏好些没有。他后来跟我解释，一忙就喘，一级台阶都上不了。采访完后，他出去，看见前台小姐身后的画框是歪的，很生气，说一早就让修，现在都没人理。前台小姐只知道诚惶诚恐地站着，他干脆让人找来了榔头和钉子，叮叮当当地敲上了。这么亲力亲为，心脏怎么会不喘呢。据他的助理讲，他有时会忙到穿着一件不经意间撕破了的衬衫去参加学校演讲。

他已经快40岁了，仍然单身，没有女友，甚至没有绯闻。他忽然叹口气，说：“有时也问自己，这么辛苦是为哪般？有时想停手，停不了。一天不干事就有危机感。”如果把物质财富当成自己的精神支柱，原以为的荣耀，就成了越来越约束灵魂的绳索。

另一位采访过的董事长，很早就知道辛苦是为了哪般。他出身富贵，即使在那个缺吃少穿的年代，依然锦衣玉食。有次，他跟着父母去山西一个特别偏僻干旱的山区探亲。屋外围了五六个衣衫褴褛的孩子，嘻嘻哈哈地看热闹。他吃完一个苹果，把果核扔到屋外，溅起了一阵黄色的尘土。紧接着，爆起更大的一阵尘土——那些孩子，聚拢在果核的周围争吵厮打，恍如那是一颗至高无上的珠宝。最高且瘦的一个孩子抢到手，马上塞到嘴里，露出骄傲的笑容。看着那个笑容，九岁的他惊愕莫名，心中难受至极。他走的时候，把包里的苹果全部悄悄放在了泥巴做的窗台上。

之后，苹果核就在他心底发了芽。嫩嫩的两片叶子，一片是怜悯，一片是慈善。出了国，又回国创业，他始终像个苦行僧。公司上市之后，他依然开着奥拓，在路边小馆吃饭，睡在简陋的办公室。他对我说：“我过过好日子，没有什么物质需求。”后来被同级领导强力执行，他才勉强换了坐骑和住处。他把自己挣的钱，几乎都用来修建乡村学校、乡村道路，或者资助乡村企业……他说，目睹那种非人的贫穷，是人都应感到羞耻。

在那些裘马轻肥的同行当中，他总是简朴寡语，如同潜伏的森林动物。他被人尊敬，却并不被人理解。有次会议临时取消，他竟然对多出来的那点时间不知所措，无人可以邀约。去了饭馆坚持要了两副碗筷，用一副看一副……那闲置的碗筷里，有着他不愿面对的刻骨孤独。后来他爱上旅游，会在某个让人蠢蠢欲动的季节，突然消失，去和遇上的陌生人说话。

还采访过一些企业家，今天风光无比，明日忽然负债累累，下落不明或者被羁押的，也有。另外一些人寄情于山水、笔画或者古玩，或者也寄情于慈善，坦诚“做慈善就像听一场高雅的音乐会，能让心灵平静而且幸福”。

平心而论，选择做富人，也只是选择了一种生活方式。并非最好，也非最坏。每个人都有自己的价值观。他们的路因为更风光所以更艰险。他们的荣耀如同太阳光辉，太阳落山了，内心或许也会沉入黑暗。

能照亮黑暗的，绝对不是存折上的阿拉伯数字。不管是贫是富，看一场好电影，散步一条美丽的街道，仰视洁净的星空，给陌生人一个微笑，给落难者一点帮助——天下的幸福，不认钱袋，大抵相同。

/ 从容 /

夏天到了。各路朋友频频聚会，我忽然会在笑语盈盈、觥筹交错之中独自失落下去。

仿佛鸟儿大海上独自飞行了很久，或者一滴水落在了干旱的沙漠，我无可阻挡地往下沉溺。我沉溺于默然无语，沉溺于成年后越来越强大的孤独。

我宁愿沉溺，尽管沉溺并不是出路。

常记取翁偶虹的《我的自志铭》：也是读书种子，也是江湖伶人；也曾粉墨涂面，也曾朱墨为文。甘做花虱于菊圃，不厌蠹鱼于书林。书破万卷，只青一衿；路行万里，未薄层云。宁俯首于花鸟，不折腰于缙绅……

这种沉溺里，自有从容。

她高嫁了，他升迁了。新来的同事，有一双小溪般明亮的眼睛，而隔壁的女孩，抱着一束玫瑰。

他们都有期待。那期待，让庸常的生活，生出了翅膀。

而我，徒步走着，低空飞着，去路一眼望穿，一无所盼。运气、青春、仕途和爱情，仿佛都成了一副打完的牌。我手上空空如也。我可以去追求新的爱情或者仕途，然而我兴趣索然。行到水穷处，坐看云起时。

这种索然里，自有从容。

从前，我很爱这个世界。少女站在葱茏的杨柳下，第一颗星亮在天边，一粒小而冰冷的雪花缓缓飘落，而春风即将吹皱一池碧水。

现在，我仍然爱它，多了一份苍凉。父亲在做饭时，我看着他鬓边的白发。地铁里的年轻吉他手在唱《流浪歌手》，我驻足回望。那个卖菜的男人，一脸黧黑，满手粗糙，菜筐里装着嫩嫩的西红柿和小黄瓜，推着车在大风里屈身前行，我莫名感动。

这种暖爱里，自有从容。

从前爱看温情片，为别人的故事流下许多眼泪。现在会将故意拉长的哭泣镜头快进。我宁愿导演安静地站在摄像机后，把喧嚣、浮躁、票房和功利性都过滤掉，只把生活如实呈现，用淡淡的悲欢，写出人生大美。

年过30，学会了把悲欢藏到表情后面，沉淀一下，然后看看，悲伤会成为什么。也许不是力量，但至少是一块铅石，让心变得重一些，这样再临风雨飘摇，不会左右摇晃。或者，也可以像孩子，上一秒还为没有抢到的玩具哭过，下一秒已经在兴致勃勃地观察蚂蚁搬家。

不再为煽情落泪的平静里，自有从容。

一个女友忽然查出患有某种慢性疾病，判定此生难愈。不久，女孩送恋人上火车，他紧紧拥抱她，含着泪光。他离开后，她展开手心被塞进的字条：“我们分手吧。我配不上你。”

他虚伪而俗气。但她不会像从前那样，恨，而且指责。

我劝我的女友。只要你相信爱情，也许一转头，爱人就在身边。也许，他正在千里迢迢，向你赶来。

我希望每个人都信仰爱情。不管是18岁，还是81岁。天黑了，有人陪着走，星星亮了，有人陪你仰头。

这种包容里，自有从容。

那天去公园，拍了一些照片，发现自己选择的，不是牡丹或杜鹃，全部是小小的物事：夹在花海里的一朵小花，柳条上刚刚爆出的小新芽，一颗色彩奇异的闪闪发光的小石头，或者，水龙头的一颗正在泫然欲滴的小水珠……

有多少人儿，是这般小小的物事，并无绝色，并无奇技，并无仰慕者或者传奇，只是洒落在世界的各处，生如春花之绚烂，死如秋叶之静美？

记得《波特小姐》里的一段话：“对我这样平凡的女子，每天都很重要。假如你愿意去找事情好的一面，就一定能找到。其实，哪里又不愁呢？是知道了，决定不愁，要成为乌云上那道闪亮银边。”

这种选择里，自有从容。

村上春树说：“我写小说只有一个理由，那就是使个人灵魂的尊严彰显，用光明使体制透亮，以免它网罗和贬低我们的灵魂……通过写作故事，不断追求理清每一个灵魂的独特性——用生与死的故事，用爱的故事，用让人潸然泪下的故事，用让人不寒而栗的故事，用让人笑逐颜开的故事。”

他在脆弱躯壳里，埋藏强大的自我，时刻准备反抗不公正的战争和体制，擎起灵魂之旗，涤荡世界不洁的空气——村上因此成为我尊敬喜爱的作家。

也爱童话书。失眠的时候，拿过斯凯瑞的“忙忙碌碌镇”系列中的一本，看那只猫如何用自己的尾巴，钓起一条几乎占据整个页面的大鱼，啊，多么神气。

喜欢谁，并不因为其深刻，或者其幼稚，不再找很多理由，只是因为自己喜欢而已。

这种对自我的认知，自有从容。

/敬畏苍穹/

1

纪晓岚在《阅微草堂笔记》里说鬼狐。

有一处凶宅，老夫子和数客留宿。晚上窗外扑啦啦地响，老夫子斥道：邪不干正，妖不胜德。余讲道学30余年，还怕你嘛！

窗外那女狐施施然回答道：“我虽是异类，亦颇涉儒书。《大学》扼要在诚意，诚意扼要在慎独。君一言一行，必循古礼，果为修己者乎？抑或追逐虚名乎？君辑录名言，常与诸儒争辩。果为明道计乎？抑或争强好胜乎？”

老夫子汗如雨下，瑟缩不能对。

女狐又轻言细语道：“君不敢答，犹能不欺其本心。故让君寝。”

随后，扑啦啦一声，掠屋而去。

如果女狐在现代也存在，咱们的社会风气定然更加清新。有些人什么都不怕，怕鬼也好啊。可惜的是，古老建筑都拆得差不多了，狐仙鬼魅几无安身之地，狐言警句也就少了。

古语说，金有一分铜铁之杂，则不精；德有一毫人伪之杂，则不纯矣。

我不敢扪心自问。我们学习、工作、生活、思考，有几分是为修身明道？有几分是为了沽名钓誉？

2

小说塑造的主人公，自有不欺本心的。譬如《亮剑》里的李云龙。

向以女流自居，不对武器、战争和爱骂娘的大老爷们感兴趣，读了这本书，居然丢不下。结尾处，流了眼泪，对李云龙简直有些崇拜。他有娇妻幼子，有地位有军队，经过叱咤风云枪林弹雨的岁月，完全可以在浩劫来临时躲进小楼成一统，保护世人眼中的幸福生活。

可他就是倔，最后一次青锋出鞘，那颗呼啸而过的子弹都被他刚硬的颅骨弄得变了形。

“一个军人最好的归宿，是在最后一场战争中被最后一颗子弹击中”，李云龙欣赏这样的死法。虽然那场战争是他最为心碎最为迷惑的一场。

30岁前，是看男人的样貌和微笑；30岁后，是看男人的风骨和格局。李云龙有些粗糙，甚至粗俗，但是众人皆醉我独醒，在一个疯狂的失去人性的年代，在一个互相打击报复的年代，他站直了腰，用良心说话，佑护弱小，胸怀大局，不媚骨求荣，实在让人钦佩。

若他仍在世，女狐也定钦慕。

3

哲学家康德说：“有两种东西，我们对它们的思考越是深沉和持久，它们所唤起的那种越来越大的惊奇和敬畏就会充溢我们的心灵，这就是繁星密布的苍穹和我们心中的道德。”

有了畏惧，才会有所敬重，言行收敛，内心分明。君子有所为有所不为，就是“敬畏”高悬头顶。

你畏惧病痛，才会平常注意锻炼，不酗酒抽烟不熬夜，养护健康。

你敬畏道德，才会坚守君子爱财取之有道，不义之财分文不动。

你敬畏良心，才会以血肉之躯对抗伴随而来的苦难、阴暗和潜规则，不屈不挠。

你敬畏骨气，才会懂得富贵不能淫，威武不能屈，无论是一介穷酸还是街头挑夫，如此便是大丈夫。

让成人敬畏的还有很多，比如，责任、善良、良心、天真……这些美德是上天撒向人间的珍宝，容易被玷污，被遮蔽，被摧毁，只有内心强大的人，才能够保护珍宝的光洁完整。而这个力量，首先要从恐惧中练习。懂得畏惧，进而懂得敬畏，就是给内心留出了一个可供管束的空间。你愿意约束自己的贪婪、欲望、虚荣和软弱，去维护这些你敬畏的美德。

刚降生人世的婴儿心都是柔弱纯洁的。守护者们当佑护它，又给它最大的空间，让它自己在荆棘里得到力量，在黑暗里夺得光亮，在狭隘里探索宽广，在荒诞里寻找真理。它慢慢会成为一颗自由有力的心，能看到表象后的真实，也能看到黑底下的白。

这样的一颗心会明白：懂得敬畏，能得到更大的自由。

/ 不能够恨你 /

男人生活在福建北部的山区，母亲瞎了一只眼，父亲腰腿不便，全家就靠他耕种几亩薄田，维持生计。虽然是个穷苦命，他还爱笑，30岁了，那双眼睛也年轻，看到女人会脸红。

村里忽然来了两个外乡人，说是表哥和表妹。表妹已经有了五个月身孕，走路很笨重，低着头老是哭。表哥就对每一个好奇的山里人解释，表妹是被强暴的，没有打掉孩子，是因为想生下来，用DNA作为证据去抓至今逍遥法外的强奸犯。

表哥又说，他们流落到此，走投无路，希望有好心人娶了表妹，给她一条生路。这简直荒唐。谁会娶这样来路不明的大肚子女人？

这个男人也去了，缩在一旁，悄悄看那个垂头落泪的女子，很是心酸。他想娶她。

女人抹着眼泪，轻轻说，表哥为了她受了很多苦，回去也没有路费，谁要娶她，得交一万元钱。

他仍然想娶她。亲戚们都反对，纷纷说，哪能信啊，说不定是骗婚。

女人只是低着头，哭。

男人终究没有敌过自己的怜悯之心。越是穷苦可怜的人，越是同情和自己一样的人。他费尽力气，找亲戚们凑足了钱，交给了那位表哥。

没有办结婚手续，女人立下字据，发誓嫁给他好好生活，做个贤妻良母，然后在自己的名字上，按下红色手印。

此后，男人很细心地照顾孕期的女人。

女人身体瘦弱，七个月就早产了。生产时她大出血，奄奄一息，是他日夜守护在她身旁，衣不解带地伺候。孩子生下来才两斤半，日夜啼哭，是他到处借钱，把孩子送到医院最好的婴儿护理室。

出院时，他欠下三万元的债务。

孩子满月时，女人说要回老家迁户口，和他正式办理结婚手续。亲戚们又纷纷反对。万一她跑了怎么办？他不听，亲自送她上了长途汽车。

可是，她就此一去不返。他的母亲抱着哭闹的孩子，唯一的好眼也快要哭瞎。他的亲戚都说他幼稚。他变得沉默寡言，常常坐在门槛上发呆。

他终于收拾了行李出山，要去找她。之前，他曾偷偷抄下她身份证上的地址。经历了一些波折，女人找到了。当时，她就坐在自家的院里，帮母亲剥毛豆。看见他，她大惊失色，躲到屋子里，说根本不认识他。

后来，他只有求助当地的电视台。记者反复游说，女人终于答应赴约，给男人一个解释。在录制现场，她只肯坐在玻璃屏风后面，自述生平。

原来，女人来自小乡镇的贫困家庭，考上大学后，不适应城市华丽的生活，时常感到自卑。大学毕业后，她恋爱了，不久又怀了孕，男友却让她打掉孩子，生下来也概不负责。为了赌气，她竟然决定生下孩子独自抚养。

她丢掉工作，肚子越来越大，身边非议越来越多，不堪重负之际，认识了所谓的“表哥”，却被骗到福建山区，不得已做了骗子的同谋。生完孩子，她干脆一走了之……

男人忍不住问：“我对你那么好，你还骗我？”

女人哭着说：“我不想骗你的，可你太容易骗了，就跟当初的我一样。即使你在医院全心伺候我时，我也还是恨，恨骗我的那些男人，恨这个虚假的世界。”

看到这里，有些悲凉。如果说爱和信任是一个手手传递的苹果，那么恨和不信任就是另一只烂苹果。拿到烂苹果生生吃掉之后，很多人无力除掉毒素，也要变成烂苹果。

她就是如此。但她终于讷讷道：“孩子我过一段时间就去接。欠你的钱，我一定还……你还能原谅我吗？”

男人沉默了好久，才开口说话。

“你知道我最幸福的时候吗？就是你出院那天。你还很虚弱，我的右手紧紧扶着你，左手抱着小小的孩子，觉得自己是个多么富有的人啊。你知道我最痛苦的时候吗？就是你走后，每次想到你在骗我，我就恨得咬牙，吃不下饭，睡不好觉。我把你用过的缸子和毛巾，都摔到地上狠狠踩，胸口总憋着一股怨气……”

停顿了一会儿，他抬起头，对着玻璃后的女人说：“每天都要恨你，比生着大病还折磨人。我想明白了，我不能够恨你。你也出来吧，从今以后好好生活。”

那只传到他手中的烂苹果，被他就这样扔了。

这个贫穷的山区男人，竟让我想起一部获奖的奥斯卡影片。

影片描述第一次世界大战的时候，英德交战。有一位德国女护士，暗地里救了不少英国士兵，后来被德国以叛国罪宣判死刑。临刑前，女护士毫无惧意，并不后悔，说：“仅仅有爱国主义是不够的，我必须让我的心中没有仇恨。”

无论生还是死，无论高尚还是卑微，能够让心中没有仇恨，回归安宁，才会获得源源不断的幸福。

/ 炮弹下的幸存者 /

一个夏末的下午，莫迪独自在窗边眺望。

黎以冲突已经延续月余，阿卡——这座距黎以边境20多公里的著名古城，已是满目疮痍，昔日繁华的居民区陡然之间被夷为平地。

此刻，莫迪和他的大家庭都在母亲家里避难，只要听到警报，就立刻逃向地下掩体。

七岁的侄女娜哈，和表妹正在家里追逐玩闹，完全不明白战争意味着什么。她童稚的笑声，蝴蝶般的身影，稍微缓解了战火中阴森恐怖的气氛。莫迪也不由微笑，仿佛回到了从前的和平时期。

正在此刻，警报声尖锐地传来，撕裂城市上空，家里顿时乱作一团。莫迪和姐姐、两个兄弟以及他们的妻女，都疯狂地跑出屋子，向地下掩体冲去。“轰轰”，只听山崩地裂的一声巨响，一枚火箭弹携带着浓烟，准确地击中他们的建筑物！莫迪鞋子也跑丢了，心慌意乱地回头张望，正好看见两个人在炮火的余声中，沉重地栽倒在地——是邻居和他的侄儿！

他跑过去施救，但为时已晚。那个男孩已经闭上了眼睛，苍白如纸，蜷缩在沙石块里。死亡就在咫尺之遥，他简直要发疯了——自己的亲人在哪里？

跌跌撞撞地冲回家中，一眼看见门口的姐姐，她的肩膀鲜血淋漓，歪在那里一声不吭，见到莫迪才攒足力气说：“去救他们！”莫迪很快发现躺着毫不动弹的弟弟，弟弟用手捂住胸口，气若游丝，从牙齿里挤出声音：“我快死了，兄弟……”莫迪正强压悲伤地安慰他，却又听见哥哥的呻吟。那个高大男人如同一堆泥沙，倒在地上，半闭着眼睛，奄奄一息。他也被碎弹片伤到了要害。

……

这是一个悲恸的夜晚。在急救医院，莫迪目睹挚爱的兄弟离世。他们的妻子捶胸顿足地哭泣，而娜哈在稍远处用蓝色杯子小口喝水，任由浅褐色的鬈发遮住小小的脸庞，沉默不语。她把泪忍在眼眶，眸子里都是仇恨。

莫迪的心，从未这样痛过，不仅因为兄弟们的离去，也因为娜哈的异常眼神。

一夜无眠。次日，莫迪走进医院办公室，庄重地对医生说："我得知您这里有需要角膜的眼疾患者，我想，我的兄弟愿意帮助他们。"医生着手准备手术，莫迪兄弟的四只眼角膜，最终让多位患者重见光明。当得知这捐赠来自战火中丧生的人，他们欷歔难言。

接受记者采访时，憔悴的莫迪用手半捂着脸，声音哽咽。唯独谈到捐献眼角膜的事情，他才从深深的悲伤里舒了口气："我的兄弟仍然观望着这个世界，当他们为别人带来光明的时候——这是唯一让我欣慰之处。"

"想过复仇吗？"

"……兄弟走的时候，我的心头的确充满了仇恨和绝望。但那晚我想了很久。能拯救世界的，绝对不是子子孙孙的彼此杀戮。兄弟们也不愿意他们的孩子，依然生活在战火之中。炮弹夺走亲人的生命，唯独留下我，也许就是为了启示我——爱会比仇恨和痛苦更长久、更有力，只有爱，才能重建家园。

我不能丧失爱的能力，我的孩子们也是，哪怕遭受命运痛击，我们仍然渴望世界和平，祈祷人与人和谐共处。"

一旁的娜哈低垂着头，表情冷漠，并且坚持不让背上的弹片伤痕被人看见。莫迪抚摸着她的头发，轻轻地说："你的父亲会在天上看着你，所以你要快乐地长大。相信我，战争很快就能结束，未来依然美好……"

这是一个真实的故事，发生在2006年8月，弹火纷飞的以色列阿卡古城。

只要有莫迪们存在，只要有这样宽厚坚韧的爱，弹坑终会填满，孩子们的伤痕终能褪去，心中的千沟万壑，也将慢慢抚平。

炮弹下的幸存者，将是废墟的重建者，只因仁爱会比战火更久远，一路播种蔓延天涯。

第六辑／爱比大山重

/

/

/

/爱比大山重/

正是1999年寒冬，强劲的江风裹着雪花从四面八方扑来，将湖北秭归县的崇山峻岭，归为白茫茫一片。22岁的春晓站在九岭头村的山脚，眯缝着眼睛往上望。这座山号称秭归的珠穆朗玛峰，海拔1800多米，刀削斧劈的悬崖夹着独径，还有野猪出没。说好带路的学生，因为母亲阻拦没来赴约。

高山巨人比得孤零零的女孩简直不堪一击。可是，她低头，一把抹掉脸上的雪屑，立刻出发。

半年前春晓大学毕业，跟随中国青年志愿者义务扶贫支教三峡服务团，来到秭归归州中学。学校领导说："咱们这里地无三尺平，出门就爬坡，学生住在高山的多，一直是大课制，上十天课得放四天假。娇气的丫头——"他瞄了一眼春晓，似有忧色，"能待得惯吗？"

的确待不惯，所以每次放假，春晓都去家访。起初只是好奇好玩，但所见所闻却让她感到前所未有的震撼——

豆子一天只吃两顿，顿顿酱菜拌白饭，十天只花了七元钱，还打趣说"饿着读书很习惯"；文文打算偷偷卖血换取学费，被父亲发现制止，整天愁眉不展；小丁和高龄的奶奶相依为命，回到山里还得打理猪圈，给菜园上肥；阿强家家徒四壁，却贴着半墙红艳艳的奖状……

心酸，心疼，让春晓特别想做点什么！家访完自己的学生，她开始走访高山上的学校，探访乡村教师，并建立贫困生家庭档案，着手山区教育的调查。

一次次的走访，累加成春晓的千里行程，什么天气都遇见过，骄阳似火，倾盆大雨，要不飞沙走石，吓死人。春晓最怕的还是迷路，总在原地兜圈子，眼看天色一寸寸暗了，绝望得只想哭……走的次数多了，春晓渐渐学会做记号、画地图，寂寞了就大声唱歌。孩子们也总送她好东西——大把的野花、新鲜的松果，而她也带去最新的图画书，一起聊天……他们就像一家人。有次，春晓去学生家家访留宿，看到茅厕没门，就几根树枝遮着，不免尴尬。次日晨再如厕，门已安置，新削的木杆挑着块布帘，当时她的心好温暖。

这次，春晓是走访九龙小学。

爬了两小时，春晓没看到学校的路标，抓把积雪润润嘴唇，继续攀登！一鼓作气又爬了两小时，跌了无数跟头，春晓终于来到目的地。

九龙小学包括一块狭长的平地，三间堪称历史文物的土坯房，一个她在黑白电影里才见过的老铃铛。春晓凑到破裂的窗玻璃前，仔细打量：缺了角的黑板处处白斑，课桌朽败不堪，雪从年久失修的屋顶飘落，一盏白炽灯被吹得晃来荡去。

唯一的老师兼校长向元高，在这里工作了23年，几乎教过全村人。春晓听学生说过，向老师只有一只胳膊，但劲儿很大，学校的旗杆还是他砍树剥皮做的。她一侧头，果然看见一根光秃秃的旗杆，在狂风肆虐的青山中，巍巍然，直指高天。

那一年，春晓跑遍了秭归的村镇，写出长达十万字的调查报告，建立了多份学生家庭档案。那一年，春晓吃了N箱自己最讨厌的方便面，出门以步代车，省下每分钱接济学生。那一年，她给她的大学好友、老乡、朋友写信，打电话，希望他们的一个善念，改变一个孩子的命运——

“他们没有城里孩子的钢琴、电脑，只有繁重的家庭负担，小小的读书梦想！他们需要的并不多：初中每学期200元，高中每学期300元到400元不等（均含生活费、路费）。钱不敢多要一分，我只是希望孩子能够吃饱，尽量穿暖……”深夜难眠，春晓的信越写越长。哈尔滨、武汉、黄石等地的同学朋友，三江航天集团的师生，陆续寄来了价值万余元的衣物、学费，让归州中学的入学率和巩固率创出历史新纪录。

2000年夏，春晓支教已满一年。临行前晚，孩子挤满春晓的小屋，铺张报纸席地而坐，坐不下的，就守在门外的走廊。

“要不是您，我肯定不会上高中了。”那孩子原打算出去打工。“每次发病都是您背我到宿舍照顾我，不嫌我脏，今后再犯病谁理呢？”患有癫痫的业娥抽着鼻子。“您说过好多城里人，都是山里孩子考出去的。可是，您却不想教我们了。”最腼腆的学生也开了口。

他们彻夜未眠地说着知心话，让春晓不止一次地泪雨滂沱。

那个暑假，春晓没有回家，流浪在武汉。尽管父母已经给她安排对口的工作，她却执著地向团省委申请再次进山扶贫支教，终于得到批准。虽然补助取消了，每月仅有80元的职务津贴，春晓照样兴奋地来到秭归二中。

这是怎样的学校啊：宿舍木楼建了40年了，一下雨到处漏；因修建水坝处处拆迁，方圆几里没有人家，只有残垣断壁，夏蚊轰炸。

可是，春晓给朋友写信依旧诗情画意：“哇噻！古老的木楼、大大的树、蓝天白云、鸟叫虫鸣、几丛幽幽的蓝色野花、牙牙孩童的嬉笑，再加几本爱看的书……多么美好的下午！”

在学校，春晓负责两个班的英语课，并担任校团委书记。一放假，春晓就到山里，走访山区学校，了解学生情况。吃得差、跑得勤，头疼了，也只吃最便宜的感冒药敷衍，直到发展成危险的病毒性脑炎。

病发晕倒，恰是春晓获得湖北省“五四青年奖章”在武汉领奖期间，才被送到大医院及时救治。次日从黄石赶过来的两老，面对此状几乎魂飞魄散。医生指责送得太晚，父母未语泪流，齐齐望着形销骨立的孩子，不相信那真是他们当过大学排球队长的女儿。

足足昏迷了13天的春晓，缓缓睁开了眼睛，清醒后的第一个意识是：“孩子们怎么样了？”

一问父母，她离开秭归已经一个月了。出院后春晓只调养了一周，不顾父母软硬兼施的挽留，匆匆赶回秭归。上车前，她给父母鞠躬，哽咽道：爸妈，这个世界我最对不起的，就是你们……双亲老泪纵横。

2001年8月，第二年支教结束，春晓放弃团省委、省教育厅的工作安排，正式留在了秭归二中。

2003年，春晓赴京参加团十五大，其间做客人民网“强国论坛”，得到了很多网友支持，回到秭归春晓建立了“春晓爱心网”，扶贫支教：

“我没有能力做惊天动地的大事，更不会赚钱，为祖国经济建设作出很大贡献。一直以来，我都习惯执著地去做外人不以为然的小事，和孩子们简单生活。”

从湖北省“五四青年奖章”获得者，到“中国十大杰出青年志愿者”，春晓一直执著如初。她提起某年的教师节，孩子们在学校操场为她唱起一首老歌《懂你》：

“把爱全给了我，把世界给了我，多想靠近你，告诉你其实我一直都懂你……”

听着歌的春晓，靠着黑板，落泪了——“彼此懂得，这是老师和学生之间最美的承诺。人生中最骄傲的事情，莫过于拥有这样的幸福时光。”

/ 穿过岁月的那双手 /

深夜的黑暗里，母亲端坐不动，双手按着胸口，只听见长长的困难的呼吸声。季节转换时，哮喘易发。

药和水都在母亲的床头柜上，我无事可做，睡不着，就在这边听着。

许多年来，都是我在依靠着母亲，依靠着母亲的那双手。

童年时，我参加学校的新年演出，舞蹈老师让大家剪短头发，演小蜜蜂。她们都哭着剪了，我哭着也不肯剪，逃回了家。母亲听了缘由，笑了笑，用灵巧的手指把我的长发织成四条辫子，分别绾成两个圆髻盘好，再递镜子过来——果然是只小蜜蜂呢——然后送我去学校，对老师说："非要剪的话，我家孩子就不跳了。"

那双灵巧年轻的手，鼓励我维护尚且幼弱的自我。

少年时，我跟着她去为一家小店进货。早上7点赶到巨大的批发市场，一家家店铺比过去，比价格比质量，忙到下午1点，我已是头晕脚软，远远落在她的后面。看着她并不宽阔的背，被装满货品的蛇皮袋压着，弯得像张满弓，又不免心疼。我几步跑上前，抢过包，却扛不住，差点跌个跟头。她夺回包，继续往前走。我说，这几年您都这么进货，该歇歇啦！她笑，你不想读大学了？不挣钱哪来学费?

那扛着蛇皮袋的有力的女人的肩，教会了我坚韧和乐观。

读大学了，有位老乡寒假到我家玩儿，只穿着一件单薄的夹克。聊天中，她得知他幼年丧母，并没多说什么，却买来上好的羊毛毛线，接连熬了好几晚，眼睛都红了，赶织了一件厚毛衣，让我送去他家。我怪她不疼惜自己，买一件多方便！她说，买的没有织的温暖，也不伤人自尊。

那双又在为我编织围巾的双手，让我懂得了细微处的体恤和温厚。

毕业后，我一时找不到合适的工作，母亲比我还着急，四处托人帮忙。耐不住她软磨硬泡，我跟着她去拜访某位要人。他家还有客，我们只好在楼下的花园等着，喂饱了一群饥饿的蚊子，才看到对方送客出门。她拉着我进了门，放下礼品，又掏出我所有的荣誉证书，跟人寒暄唠叨。我怪她卑躬屈膝，却知她全是为我。

出门后那双紧握着我的沉默的手，让我明白爱的厚度和深度。

一年后，我如愿考上了研究生，毕业后来到北京当记者。母亲从家乡千里迢迢来看我。有次采访了一位明星，又约好下午3点在人民大会堂外补照。我因只负责让明星和摄影师交接，于是带她前往。谁知等到6点，太阳落了，摄影师走了，明星才出现，急躁地说还要彩排，取消拍照。这一幕，被十米以外的她尽收眼底。

我狼狈得想哭，反而是她轻描淡写："人在江湖，身不由己。多理解人家，都不容易。"

那双递过纸巾的手，擦掉的，不仅是我的眼泪，还有心底的怨恨。宽容和原谅，其实也是解脱自己……

法国有句谚语：没有无私的，自我牺牲的母爱的帮助，孩子的心灵将是一片荒漠。

如今，这双已为荒漠种上了花草树木的手，不再年轻，不再有力，有了皱纹，添了老人斑，常常安静地垂落在身旁，买买菜，洗洗衣，为儿女整理杂物，收拾房间。查出患有哮喘后，这双手常常发呆，有一次还擦拭起了主人的眼泪……而此刻，它们正按在呼吸急迫的胸口，感受肺部的咳嗽。

我起身，来到隔壁房间，帮母亲按摩两肾区，再按摩后颈区。母亲说，好多了，你去睡吧。我拉过母亲的手，说，帮您看看手相再走——不错，晚年幸福，儿女孝顺！

母亲一边咳嗽，一边笑了。

这双握在我手里的手，微凉，消瘦，刻着岁月留下的痕迹，也刻着不会抹掉的爱的记忆。

/ 你还会回来吗 /

2003年6月，姜宝成在《中国青年报》上读到一句西部少年写给支教老师的话：

“您第一次来到偏城中学那天，您还记得吗？您说话时微笑着。微笑中，我们分明看见一个春天向我们走来。”

一刹那就被打动，姜宝成递交了申请，参加中国青年志愿者扶贫接力计划，前往广西百色田阳县南部大石山区的巴别乡中心学校，支教一年。临行前，他在日记里写道：“西部到底需不需要我们这样的志愿者？我能为山区里的孩子做些什么？”

从县城走了五个多小时才到巴别乡，一个山窝窝里的80户人家的村庄，姜宝成来不及感叹天蓝云白，就被恶劣生活困住：吃红薯叶和南瓜藤，睡摇摇欲坠的硬板床，老鼠、蟑螂将糊满报纸的房间当成了赛场。隔壁就是厕所，气味不良。

头一晚，宝成失眠了，怕有蜈蚣迷路爬到耳朵里。

白天上课，宝成在讲台上侃侃而谈，可孩子们瞪大眼睛发呆，因为听不懂普通话！他们的方言叽里咕噜，让宝成也犯傻。郁闷啊，找谁倾诉？手机几乎没有信号，收音机都暂停服务。一个月过去，他犹如溺水般的窒息。晚上和老师们去查夜，人家查完回家，他却绕着校舍走几圈，又绕着操场走几圈，“像神经病一样”。

宝成觉得自个快崩溃了，不知道能不能再坚持下去。

总算熬了过来，听懂了方言，习惯了生活。前一任志愿者都喝桶装水，坐车到县城洗澡，宝成却饮需要沉淀的当地水，一瓶水也能洗个澡，和当地人一样。

接着，宝成跑遍了巴别的13个村50多个屯家访，立意和学生交朋友。有一次去山上玩，回家后宝成才发现身后的书包被孩子们插满了五颜六色的山花。他细心地扎好花儿，插在了宿舍的墙缝里。

越了解孩子们，宝成越心疼：他们不知道电脑网络，甚至没有课外读物；有大多半学生都要站着上课，因为缺少椅子；午饭就是一点糙米加几颗黄豆，在土块垒就的灶上蒸熟……有一次，宝成和几个支教者去市里参加活动。吃饭时，他夹起一只大虾，忽然想到孩子们寒碜的午饭，难以下咽。

当时，他异想天开，决心为孩子们新建一座食堂。

2004年2月，宝成发表文章《在西部干涸的土地上，我愿做一瓢水》，为孩子们募捐，四处奔波，联系资助，让读者和山区孩子结成互助对子。他甚至找姐姐借了7000元。不久，他得到北达音像李经理的资金支持，开始修建食堂，风风火火地当了包工头。水泥缺货了，他赶上好几小时，气喘吁吁地到厂里要水泥。

6月1日，“志坚饭堂”落成，粉色外墙铁护栏，中午宝成和李经理还请全校800多名孩子吃饭，每人一大勺肉，乐得孩子们手舞足蹈。

同时，宝成拿着一沓《请求捐助函》跑遍了广西五家出版社，挨家游说，募得了价值五万多元的新书，全部搬进学校阅览室。

他的学生在作文里写：“我们都非常喜欢又笨又帅的姜老师”——是，姜老师笨，刚来时不会做饭，爬山路还摔跤，但是他又那样帅，会照照片，能修食堂，组建了文学社和广播站，还为他们筹集了四万多元的助学款……他们怎么能不喜欢他？

临别时，学生们亲手折了360颗幸运星，准备了联欢晚会。宝成却提前回了宿舍，独自躲起来流泪。200多个孩子就站在操场上，唱《一路顺风》，重复地唱，哽咽地唱：“我知道你有千言你有万语，却不肯说出口；你知道我好担心我好难过，却不敢说出口……”天已经黑透了，他擦干泪劝学生们回家，他们却在风中纷乱地大喊：姜老师，你还会回来吗？

那一颗颗眼泪，至今都在他心里流淌。

2005年10月，他重返支教地，为孩子们带去了300多件衣服和一大批文具。2006年1月4日，他拍摄的纪实性图片故事《支教日记》展出，他最喜欢的一张是《爷爷奶奶家长会》：得到奖状后，一个小学生脸上露出开心羞涩的笑容。

从“个人的生活体验”到“对一部分人群、一个地区甚至国家民族的责任”，支教已经成为宝成的生活之一，山里孩子的眼泪和每个微笑，都是他无法淡忘的青春岁月。

/是什么明亮了夜的眼睛/

人生是分成昼夜两部分的，那灿烂明媚的一部分，和那黑暗冰冷的一部分，纠缠在一起不可剥离。人人一样，不同的只是昼夜的分割点不一样。

对周秋平而言，黑夜比常人的漫长。她遭遇了癌症和车祸，被命运两次推到死亡的悬崖。但她的眼睛里，却没有阴影。她是乒乓健将，是衡阳市优秀教师、雁城十佳新女性，是学生不愿转学的理由……

天气炎热，她却穿高领的衣服。后来她把衣领翻开，记者看见了手术给她的脖子留下的狰狞伤痕。她笑着说："生活，就是努力生存下来，再好好活着。"

她的黑夜比白昼漫长

1998年冬，周秋平躺在病床上，想着明天的大手术。她才34岁，可能再推不开窗户看春景了。

丈夫董迪平坐在医院走廊的长凳上，掉泪。

其实，妻子咽喉不适很久了，他再三劝她去医院，她不愿意。妻子总是忙，当班主任的像当母亲的，查早操、检查晚寝，事事挂心，还有两个班的英语。有天，她吃完草珊瑚含片，喉咙仍火烧般难受。用手去摸，肿块又长大了。董迪平再也坐不住，强制地把妻子拽出门，从衡东县赶到长沙。

从湖南中医研究院回来的车上，董迪平不说话，周秋平还在笑："医生说要马上手术，怕恶化癌变。万一是绝症，反正也治不好，不如多上几天课！"

第一次手术就在县里，周秋平怕耽搁学生的课程，不肯去省城。割除肿块的术后第四天，不顾医生嘱咐，她从病床爬起来，就往衡东县第八中学赶。站在讲台上，她的心终于安了，虽然嗓子疼得根本不能开口，只能打手势，但陪着62个学生写写读读，也好。

送到省城的病理切片很快有了结果，是甲状腺癌，一旦癌细胞扩散，后果不堪设想。当过兵的董迪平脚一软，瘫坐在椅子上。

不敢告诉妻子，只能听从医嘱让妻子动第二次手术，将甲状腺彻底割除。

妻子很顽固，“上次手术耽搁的课还没补上，还要去长沙动手术？不去。”

董迪平只好求助八中校长罗利辉。在罗校长“严厉”的行政命令下，周秋平才恋恋不舍地离开学校。临走时，她还赶写了一封信，安排好班里的工作，告诉学生自己很快回来。

周秋平住进了医院的特别病室，又看见自己的病历表上有“CA”的字样，也知道了。“cancer（癌）”，家人当着她的面，不提那个字，她也装成不知道，偷偷在被子里哭。丈夫的眼睛红得厉害，她的弟弟也是，还笑着骗她：“我和姐夫昨天又喝了点酒……”

这层楼天天有病友撒手西去，死亡的阴影总会不期而至。每个黑夜都漫长无边，周秋平辗转反侧，在巨大的恐惧里独自跋涉。白天，她翻出从小就读过的《钢铁是怎样炼成的》，抄写保尔的名言。写日记时，她的手都在发抖：生命啊，学生还在等着我，我多想向你打张借条，哪怕再借给我一年的光阴！

手术前，主刀教授说：“听说你是一个好老师，为了避免手术刀伤及声带，整个手术过程绝对不能动。”他犹豫了一会儿，又说：“不能全麻，喉神经受到伤害你就哑了。”

周秋平笑笑：“我活着，就一定要当老师，只要我还能开口说话，站在三尺讲台上，多痛我也能忍受！”

到底有多痛，手术过程中周秋平才真正体会。刀剪穿梭，又缝了八针。3小时40分钟，她一直紧咬牙关，手指疼得痉挛，身上盖的手术单全部被汗水湿透。手术完后，她虚弱地问：“我的声带……没事吧？”

好人是这个世界的根

周秋平又哭了，坐在病床的一大堆信笺当中，幸福地哭了。

那些稚嫩的笔迹，来自她的学生。

“周老师，您动手术的时候，我们班里没有一个相信您得的是这种怪病，不是说好人一生平安吗？你到长沙开刀的那个晚上，班上很多同学都哭了，寝室的哭声一直到深夜，一想到您可能当不成我们的班主任，我们的眼泪就吧嗒往下掉……”

“周老师，那天我妈给我送菜来，知道您得了大病，急得脸色都变了。妈说，您是我兄弟两人的大恩人，她回去以后，每天早晚都要为您烧一炷香，祈求神灵保佑。”

“周老师，昨天夜里，我做了一个甜甜的梦，梦见班上的同学每人从自己的寿命中拿出一岁送给了您。您是一个好人，好人是这个世界的根……”

周秋平怎么舍得丢下这些孩子呢？她把信叠好放在枕头下，睡得实沉了。

手术初期，她喉咙肿痛，滴水难进，靠输液维生；一个星期四次的化疗，也让她痛不欲生。头发大片脱落，体重急速下降，脖子因治疗变得黑红。每次起床，脖颈无法用力，她只能用手扶着自己的头部上抬，才能慢慢地坐起来。

即使这样，周秋平照常看书，记日记，甚至备课。那次她捧着英语书去化疗，差点被医生轰出来：“看你精神挺好的，哪像癌症病人啊。”

一个多月后，周秋平出院回家。快到家门，一大群学生围上来，提着水果，捧着花儿，像欢迎凯旋的英雄。

“放寒假了，又大冷天的，干吗等着？”“不看到老师平安回来，无法安心过年！”学生们异口同声。

1999年初春，周秋平依旧夹着教材，挺直身板走进了72班的教室。

嘈杂的教室忽地安静了，学生们不能相信，教导主任不是说周老师得病要长休吗？不是说再也不能当班主任吗？……望着那张消瘦亲切的脸，学生们同时起立，整齐地鼓掌。掌声久久，久久。师生的眼中都盈满了泪水。

刚动过手术的周秋平，一米六的人，瘦到70斤，而且稍一大声说话，嗓子就似被千针万刃地刺痛。试了几次，周秋平捂着喉咙小声说：

“要不然还是给你们换个老师吧。”

“坚决不换！谁来我们都不换！”

“老师，我们听得见！真的！”最后一排的学生都纷纷表白。

那堂课出奇的静，静得大家能听见彼此的呼吸。只有周秋平细声细气地讲解，和学生们记笔记的沙沙的声音。写了一黑板了，立刻有学生上来擦掉，站得有些累了，板凳就适时地搬到她的身边。学生爱护着老师，如同爱护他们的母亲和姐姐。

可是，只有58个学生了。又空了四个位置。山里的孩子穷，辍学很平常，周秋平常常帮着他们。春节时，有位家长还了300元钱，说是周老师前几年为他的孩子垫付的学费，周秋平自己都忘了……她自己也不富裕，月工资800多元，家庭负担重，何况又摊上这个病！

回家后，周秋平把锁在箱子里的存折拿出来，取了1500元，准备给学生再次垫付。丈夫一直支持她，但对她去家访不乐意了。

“太冷了，你的身体耐得住吗？医生说，你抵抗力弱，万一……”

最后，还是董迪平让步，陪着爱人去家访。寒风呼啸，从莫井到甘溪，来回60多里路，周秋平一户户敲开了辍学孩子的家门。

62个学生终于都坐到了自己的位置上，周秋平笑了。

那年，衡东县第八中学72班有九人考入重点高中，巩固率、合格率和优秀率都是衡东县第一名。四年了，这批学生或读大学，或者打工，仍然会从天南地北寄来信笺。

“我家很穷，您依然关心我，喜欢我，‘高贵’这个词送给您一点都不过分。您深受学生的爱戴，就是因为您从来只是奉献、不懂索取吧。”“不管经历了多大的挫折，您走进教室总是面带微笑。我选择师范学校，就是想成为像您那样的好老师。”

周秋平给了学生知识，还播下了种子，让他们懂得困苦时的坚韧，艰难时的奉献，懂得好人，是这个世界的根。

我情愿当妈妈的学生

患病五年了，世界变化很大，周秋平还是衡东八中的英语老师。

董迪平开着黑色大众，直接驶进了衡东八中的校门。妻子正在上课，他就在车里，透过木窗户看她。周秋平在狭窄的课桌空隙边走边讲，很投入。教室鸦雀无声，偶尔爆发一阵欢快笑声。新的学生对周秋平依旧敬爱有加。

下课了，董迪平陪着妻子去了她的宿舍。虽然家离学校并不远，可是周秋平平常都待在简陋的宿舍：十来平方米，一张写字桌，一张木板床，老式风扇刮得一大沓作业本纸页呼呼直响。厨房安在走廊，提水还得下楼。

董迪平说：“都跟你说了好多回了。条件这么艰苦，干吗不住家里？干脆辞职，好好调养身体。”

周秋平知道丈夫的心疼。1999年年初，他几乎愁白双鬓。手术花了一大笔钱，术后的抗癌药物、营养滋补品也价格不菲，普通职工董迪平决定下海挣钱，让妻子能生活宽裕些。历经磨难，头脑灵活的董迪平创办了长沙大宇电子有限公司，事业也有声有色。买了120平方米的大房子，客厅里添置了进口音响。可是，周秋平宁愿蜗居在小宿舍里，说是和学生更亲近。

董迪平又劝道："我的公司也在长沙，去省城定居吧。环境好，家人团聚，你也清闲些。"

周秋平收拾着作业本，摇头。家乡穷，教育落后，更需要好老师。她指指桌上那个小木框，笑着说："我身体好着呢。放心。"

木框里的奖状写着"衡东县首届乒乓球赛女子单打第三名"的字样。

那是周秋平一直坚持锻炼的结果。手术后，她几乎每天都去教师活动室打乒乓球。开始一会儿就累了，后来慢慢就变成一小时、两小时，挥舞球拍时生龙活虎。

周秋平又补充了一句："你知道，我如果不教书，肯定活不长。学生就是我的精神支柱。"

女儿也噔噔地跑上来。她现在也在衡东八中读书，每晚和母亲挤在宿舍的小床上，都觉得很幸福。"因为妈妈给我的时间太少啦！"

有次董迪平出差在外，周秋平忙着照顾患流感的十几个学生，在医院连夜守护，次日又赶回去上课，累得头晕眼花。走出教室时，有人牵她的衣角："妈妈，我饿。"八岁的女儿小嘴嘟得老高！后来，全心教学的周秋平干脆把孩子送到了湘潭的姐姐家，孩子在车上哭得小脸脏兮兮的，问："妈妈不管我了？"现在，女儿提起妈妈不在家的日子里，自己在床头柜摆放两个大闹钟，怕早上迟到的事，不禁咯咯笑起来。她坐在床上，晃荡着双腿，宣布："我最敬佩的老师就是妈妈。我情愿当妈妈的学生，这样和她在一起的机会更多。"

周秋平笑了。

周秋平曾遭遇一次车祸，被摩托车撞得头破血流。她住了四天院，就溜回了学校。左脚肿着，穿不上鞋，她一跛一拐地走到教室外面时，学生几乎是全体冲出来，把她簇拥进教室！

黑板上早有机灵的小鬼写了大字：“欢迎亲爱的周老师回来！”

回来。学生，就是自己的心的家啊。

周秋平觉得自己很幸运。虽然癌细胞可能卷土重来，抗癌药总是反胃，喉咙至今疼痛……那又有什么关系？

“我从小就梦想着当一名老师。现在美梦成真，学生爱我，丈夫和女儿也都理解我。这就是幸福吧。尽管大病后精力不济，但我离不开那三尺讲台。”

身患顽疾的作家史铁生曾经说：“当白昼的一切明智和迷障都消散了以后，黑夜要求你用另一种眼睛看这世界。人若无梦，夜的眼睛就要瞎了。”

周秋平在厄运的黑暗里，也看到了世界的光亮。那最初的一根火柴，不过就是一路跌跌撞撞她也不肯放弃的信念——当名好老师。正是这最朴素的信念，最干净的爱，明亮了夜的眼睛。

／献给默格勒的音乐会／

1

加拿大蒙特利尔的一个小公园，刚落过一场大雪，晨光被雪色反射，耀眼而皎洁。

远处一个小红点踩着雪地，咔嚓咔嚓走了过来。

是个九岁的女孩。她有些不高兴，撅着嘴巴，一边走一边踢着公园里的小石头。那件样式老旧的羽绒服，或许是妈妈的旧衣？走起路来有些磕磕碰碰。天空突然飞过一只不怕冷的鸟，啾啾地叫一声，就把她逗笑了。她伸出修长的手指，把空气当成了一排琴键，指头飞落，边弹边唱起童谣。

她突然扭转头，问跟在身后的脸露愁容的消瘦男子："爸爸，究竟什么时候给我请钢琴老师呀？"

那位爸爸说："马上，马上！"

这对夫妇从中国来到加拿大半年，连合适的工作都找不到，几乎靠着国内的积蓄过日子。可是倍感孤独的女儿欣本却偏偏爱上了钢琴，非要一架不可。无可奈何，他们只好花了一大笔钱，给女儿买了钢琴。

买完钢琴，父母这才发现，他们根本请不起钢琴老师。在国内，一个优秀的钢琴教师，起码100元一小时，何况这是在加拿大。

可是，年幼的女儿只是吵着闹着要学钢琴。

女儿在雪地上玩儿，父亲坐在了长凳上，和身旁一位夹着书的白发苍苍的老者攀谈起来。当老者得知他的困境，叫小女孩过来，请她唱了一首歌，然后笑眯眯地宣布："我叫但以理·默格勒，是钢琴老师，我愿意教这个唱歌很好听的小姑娘弹钢琴。"

父亲不敢置信，老者又说："如果同意，每周一次钢琴课，一小时2加币。"2加币合人民币12元，几乎只是一个意思。直到接过老者写有地址电话的纸条，父亲才连声道谢。

天下果真掉馅饼了。

那个周末，母亲带着欣本，找到了地址上的地方。

居然是一间半地下室公寓。默格勒是生性简朴还是落魄潦倒？母亲正在惊讶，那位钢琴老师已经迎出门来：特意穿上西装，打好领带，银白色的头发纹丝不乱，郑重犹如接待外宾。

屋子狭窄，但所有的灯都开着，每一盏都明亮，干净，照着一排排的音乐书籍和资料，照着屋子里唯一的奢侈品：一架锃亮如新的钢琴。欣本欢天喜地跑了过去。

钢琴课正式开始，每周一次，老小乐在其中。

在欣本的父母眼里，默格勒有些神秘，年逾古稀，却孤身一人。墙壁上张挂的，除了音乐家的肖像画，就是他的学生的照片。有关音乐的故事，他总是津津乐道。除此以外，都不多谈。

而在欣本眼里，老师“特别高，特别老”，有些唠叨，但很可爱。每当欣本完成一本乐谱的学习，他会特意送上贺卡，写着：“祝贺欣本完成了这本书的学习！你很优秀！”课余时间，两人还头碰头地在一起画画，都是用音符的形状勾画出来的：长颈鹿在吃树叶，小狗和猫打架……

那间小小的陋室里，常常充满欣本活泼的笑声，老人夸张的赞叹。

2

有一天，默格勒对欣本的母亲说：“我希望今后一堂课由一小时改为两小时。不另收费用。”那位母亲非常感激，愿意帮老人每周打扫卫生。默格勒笑了：“我一个人生活多年，会照顾自己。我多教她一小时，是因为喜欢，而不是为了向你换取什么。”

那真是一段美好的日子。

又是一堂钢琴课。欣本按时赶到，默格勒却没有在门口等待。在持续的门铃声中，默格勒终于出现在门后，面色灰暗，身子佝偻，像一棵遭了风霜的大树。

欣本的母亲担心地说：“您身体不适吗？今天的课就取消吧。”

老人却让出身子，请她们进屋。

一向灯光辉煌的房间，没有开灯。一向整洁有序的客厅，没有整理。一个人居住的默格勒，究竟发生了什么?

默格勒去了洗漱间，很长时间才出来，朝她们抱歉地笑笑，继续钢琴课。

欣本的母亲坐立不安。可是上课的默格勒如此庄重严肃，简直不容打搅。两小时后，课程结束。默格勒试图从座位上起身，全身却软绵绵的，双腿颤抖，又跌坐回去。他拒绝了欣本的扶持，努力了好几次才站起来，喃喃叹道："我真的老了！"

欣本天真地反驳："谁说您老了？您起码能活到100岁！"欣本的母亲却一阵酸楚。

几天之后，欣本夫妇突然接到默格勒的电话，请他们去一趟医院。他虚弱乏力，却特意嘱咐："钢琴课可能要停止了，请暂时不要告诉欣本。"

到了医院，夫妇俩见到默格勒，大吃一惊。他躺在病床上，形容枯槁，唯独笑容饱满："抱歉不能起床迎接。我身患癌症好几年了，对死亡早有准备。它终于来拜访我了。"

接到诊断书后，自知来日无多，默格勒就搬离了闹市，避开朋友，蜗居在那间荒僻的地下室，只求安静地走完人生。

"我感谢你们，让我与欣本共享了最后一段美好时光。希望你们帮助她，支持她，让她完成自己的音乐梦想！"

默格勒又拿出一张卡片和用布包裹起来的贝多芬半身像，请他们转交欣本。那两位听众已经如坠冰窟，尤其是欣本的母亲，背转身哭了起来。

3

在卧床不起的重病期间，默格勒仍为欣本联系了自己的一位年轻朋友，某大学的钢琴教授，发了生平最后一条求助短信："亚历山大，我要死了，请你一定听听我最后一个学生欣本的演奏，希望你能继续培育她。”

毫不知情的欣本被父母带到了亚历山大面前，演奏了一曲，亚历山大当即收她做学生。默格勒得知此事后，兴奋得双手紧握，微笑着说：

“我安排好了一切，现在我得到了完美的安宁。”

看着他由衷的喜悦恬然，欣本的父母感到一种前所未有的心碎。

尽管默格勒从未要求，但欣本的父亲每天都去医院看望他，偶尔也带上唧唧喳喳小鸟般欢快的女儿。有一次，他独自到医院时，老人正在睡觉，于是他放下鲜花安静等候。不知过了多久，一位社工走了过来，轻声呼唤老人，又探探老人的鼻息，遗憾地告诉他，老人已经走了。

欣本的父亲望着默格勒唇角残存的笑意，不敢哭，不愿哭，泪水却迅速模糊了眼睛，滂沱而下。

让他惊异的是，在老人的葬礼上，老人遗言把所有遗物，包括那架钢琴和珍贵的琴谱，都留给了欣本。

更让他吃惊的是，墓前的欣本抱着那尊贝多芬塑像，没有痛哭流涕，只有眼泪徐徐流下，仿佛突然长大。

一位牧师正在诵读：“默格勒老人享年77岁，是著名钢琴教师和诗人，曾经在加拿大召开独奏音乐会，培育了500多名学生。他从未结婚，孤身一人，但他并不寂寞。他感激一位中国学生带给他的甜美时光，并转赠所有遗物，希望她能传承他对音乐的爱和信仰。”

深深爱过一个人，才知道心脏在哪里——欣本此刻痛彻心扉，但她记得老师在卡片上的叮咛：“亲爱的欣本，告别不是一件容易的事情。那座放在钢琴上的贝多芬半身像，伴随了我一生，现在我送给你，希望你把它也放在自己的钢琴上，放在自己的心上……请记住，老师永远爱你，会在天堂看你欢笑。”

欣本变了，仿佛内心流淌着月光，那样温柔，而又热情，体恤父母，待人从容。在亚历山大的指导下，她的钢琴技艺进步神速，甚至在强手如林的音乐学校，获取了不菲的奖学金。

一年后，在默格勒辞世的医院大厅，欣本举办了一场名为“献给默格勒”的音乐会，并募集善款捐给医院。数百名加拿大人慕名而来，静静聆听。

欣本没有读过默格勒的诗歌，更无从洞晓他的人生，但她懂得用爱，去观望默格勒在天堂的飞翔，懂得用飞溅的琴音，续写一部传奇——

“只有充满爱的灵魂，才会真正懂得音乐，飞扬于俗世的痛苦之上。”

是的，77岁的默格勒，用黑白琴键之上的简单爱，用蕴涵自己魂魄的贝多芬塑像，成全了一个十岁孩子的优美转变。

/明亮的爱/

姑奶奶是个不讨孩子喜欢的人。

她生下来就看不见，一辈子在那几间土屋里摸进摸出，活动范围不及一个足球场大。她从不穿红绿衣裳，从头到脚一身黑。她从不挑食，碗里装什么就吃什么。她总是剪着短发，像个野蛮的女人。

可是，爸爸把七岁的我丢给了她。临走时，爸爸说，等我挣了钱再来接你！我说，你天天修车能挣几个钱？你和妈妈有了弟弟，就不要我了！爸爸最后还是走了，姑奶奶把我抱得紧紧的，不让我挣脱。我开始拳打脚踢，有一巴掌，重重地打在她的眼睛上，那最脆弱的地方。我吓得住了手。

她的眼泪，从紧闭的眼皮底下流出。她反而抓住我的手，揉了又揉，说，打姑奶奶你能好受些，你就打吧。姑奶奶眼睛看不见，也不会疼。

我看着这个看不见我的女人，安静下来，老老实实地把自己的衣裳，放进她的柜子里。她的柜子很空，仅有的几件衣服，不是黑的就是灰的。

姑奶奶一直未嫁，独自住在乡下，自己喂了猪，养了鸡，平常还会纳鞋底，托邻居到集市上卖掉，以此为生。

现在，我成了她的宝贝疙瘩。每天走到两里远的乡村小学读书，每晚回到那个阴暗的土屋，我觉得自己很悲惨。

幸好，我和乡里孩子很快打成一片，生活有滋有味。晚上有萤火虫，白天可以捉泥鳅。还能放牛。我费劲地坐到牛背上，牛上坡时，光溜溜的脊背我无处可抓，手忙脚乱地从牛背滑落，伙伴们哈哈大笑。

回家来，姑奶奶给我洗脸，摸到我头上的包，问："谁打你了？还是自己摔了？"我不说话。她说："谁敢打你，姑奶奶不轻饶！"

她凑过来要亲我。我马上跳开了。她说："唾沫可以消肿。"我说："脏！脏死了！"

她又拿出兜里的一包花生，笑眯眯地说："这个不脏，刚炒的。吃吧。"

我说："不吃，我要吃鸡蛋！"她马上生火，给我煎鸡蛋。

吃完了，我一撂碗，出去找伙伴们捉萤火虫。晚上天黑透了，我才回家。大门敞开着，姑奶奶开着灯，就坐在大门边。夜风凉，她有些冷，抱着双臂。

我不想理她，可她早听到了我的脚步，喜欢地说："是丹丹？饿了吧，来，吃花生！"

我厌烦地说："不吃，我还要吃鸡蛋，煮的！"姑奶奶马上生火，给我煮鸡蛋。

仅仅一周，我就吃掉了姑奶奶的20个鸡蛋，每个鸡蛋最多能卖三毛钱，可以买两三斤盐了。可是姑奶奶每次给我煮鸡蛋时都笑眯眯的。

我吃白米饭和鸡蛋，而姑奶奶总是喝很稀的菜粥。她说，自己掉了几颗牙齿，喝粥好。我信以为真。

偶尔，一大群孩子就在院子里玩，姑奶奶总是扶着门框站在门口，听。她的耳朵灵便，听到一声欢呼，便要问问是谁，我们嫌她烦，绕开她的房间和窗户，去更远的地方玩儿，几乎不答理她。她站一会儿，就去剁猪草、打水、煮饭、洗衣，累了就扶着门框，听着我们远处的欢笑。

在姑奶奶家住了一年，爸爸接我回城里读书。临走，姑奶奶让我捎走一大篮鸡蛋。

我好像没有爱过这个老人。可是她扶着门框，跟我们说再见的时候，我突然哇哇大哭。姑奶奶摸索着走过来，一把搂过我，眼泪滴在我的脸上。

后来，我跟着父母辗转漂泊，没法跟姑奶奶联系。她没有电话，又不会读信。尽管我很想告诉她，她的煮鸡蛋，天下第一好吃。

姑奶奶66岁那年，年老体衰，行动不便，第一次搭大卡车出山，去二叔家养老。听说车子开动之后，她的手死死抓住车窗户，身子僵硬地贴紧车座，对车的速度、飞快掠过的光影，感到无比恐惧，竟然发出尖叫，把二叔吓了一跳。

待了一阵子，她跟二叔说，“我想回老家。我在这些屋子里不熟，总是摔跟头。每个人都忙，不跟我说话。我不要你管，只要每个月给我一袋米……”

二叔只好把她送回那间昏黑阴冷的房间。

一年后的一个晴朗早晨，姑奶奶吃了一碗饱饭，无疾而终。我们一家赶回去奔丧，父亲流着眼泪对其他兄弟说，姑姑是这世上最可怜的女人，她没有爱过谁，也没有谁真正爱过她。

在姑奶奶的抽屉里，父亲发现了我从前的作业本。一本一本整整齐齐。还有我玩剩下的卡片，一块橡皮，一个烂文具盒，都宝贝似的裹在红布里。文具盒里有她一生的积蓄，100多元钱，全部是毛票，厚厚一叠。

邻居奶奶说："你家姑姑说了，丹丹最爱吃鸡蛋，她走了，钱都给丹丹买鸡蛋。"

父亲哭了。我也哭了。

很多年过去了，那些钱仍放在文具盒里，分文不动。那里有一位老人明亮的爱和一个孩子心碎的怀念。

/瞬间即永恒/

记录下地震发生后的片段，其中包含永恒。

关于中国筋骨，关于至爱亲情，关于刹那的痛彻心扉，也关于恒久的灵魂救赎。

总有一天我要大哭一场

地震后，北川县民政局局长王洪发忙个不停，刚在帐篷里开完会，又跑到人群里扛送救灾物资。一边去安置点安抚灾民，一边计划第二天的时间。

已经五天了，他几乎没有睡过，累极了，就靠着椅子打个盹。眼睛肿了，声音哑了，表情却仍然平静坚毅，你几乎读不到悲伤。

谁能料到，地震当天，王洪发失去了朝夕相处的11位同事，15位亲人也埋在了深深的黑暗的地下，包括他唯一的儿子。亲手写下遇难者名单的时候，他的手一直在抖，写不成，歪歪扭扭的汉字，像一颗颗的小蝌蚪和凌乱的眼泪。

谈到儿子时，他露出向往的眼神："16岁了，在读初中，一米七七，比我还高一厘米，很可爱的……挺想他的，每次打盹都想。"

他觉得孩子还在世间，却又马上红了眼眶："像我这样的人，大灾里还有很多。现在事情太多，哪有时间伤心？但是总有一天，我要大哭一场！"

他的背影远去。摄像扫过记者的脸，记者已经泪落如雨。

感动中国的十大人物之一

14岁的向孝廉在四川映秀镇读初三，伶牙俐齿，从不服输。大地震时她还在三楼，跟着同学马健就往楼下跑。到了一楼，一小块天花板正好砸中了她，几乎将她完全掩埋。跑在前面的马健逃过一劫，惊魂未定地回头喊道："你等着，我一定会来救你！"

向孝廉的手脚都被压得死死的，哭了一会儿，昏迷过去。她是被马健的呼唤喊醒的，马上问："你带了多少人来救我啊？"马健说："还有余震，都不敢来，我是偷偷进来的！"她很失望，又问："那你带了什么工具？"马健说："我刚找了根铁棒。"小姑娘彻底失望了。

从晚上9点到凌晨1点，马健整整挖了四小时，一点一点，终于把她从瓦砾堆中刨了出来。

那双手十指滴血，血肉模糊。向孝廉抱着马健大哭起来。马健把她背到了安全的地方，说还要去救别人，又匆匆离开了。

马健这样的好少年，在灾区并不少见，他冒着生命危险去救同学，只因为他曾经承诺过：我一定会来救你！

史上最牛校长

四川安县桑枣中学大名鼎鼎，连续13年，全县中考都是第一名。

可是，校长叶志平一直担心那栋实验教学楼。那楼不是正规建筑公司承建，也没有经过验收，20年前刚建成时，楼梯栏杆都晃悠悠的，师生都要壮胆进去。

他走上领导岗位，就和这栋楼较上了劲。

1997年，他拆除了与这栋新楼相连的一栋厕所，因为厕所污水正在锈蚀钢筋。1998年，他发现楼板缝中填的不是水泥，而是水泥纸袋，暴跳如雷，马上找公司灌注了混凝土。1999年，他将华而不实的砖栏杆拆掉，换上钢管栏杆。接着，他将整栋楼的22根承重柱子重新灌注水泥，从37厘米直径的三七柱，加粗为50厘米的五零柱。

17万元的实验教学楼，几年来追加了40多万元，只为安全。资金都是他向教育局和相关领导一点点“磨”来的。

再建新楼，他简直成了专业人士，要求楼外立面的大理石面“干挂”：每块大理石板都打四个孔，用金属钉加固再粘好。“掉下来砸到娃娃，怎么跟家长交代！”

叶校长讲究防患于未然，除了加固大楼，从2005年开始，每学期全校都组织一次紧急疏散演习。每个班都有固定的疏散路线，疏散到操场上的位置也是固定的。

总有人笑他多事，直到“5·12”之后。

那天地震时，叶校长在绵阳，一心惦记着孩子们，火速往回赶。安县紧临地震惨烈的北川，房屋受损非常严重。

他老远就看到学校了，教学楼有部分坍塌，但那栋实验楼没事！进了校门，全校2200名学生秩序井然地站在操场，外围是百余名老师。

“我们都没有事！全部疏散站好，用时1分36秒！”有人向他报告。

这位后来被网络誉为史上最牛校长的55岁的男人，当时哭了。

奇迹源于这所学校刻在墙上的校训：“责任高于一切，成就源于付出。”

这是我们的同胞

大震发生后，深山的灾民翻越重重高山，在巴掌宽的小路上，躲避余震带来的滚滚山石，赶到山外。

神色仓皇的逃难人群中，11岁的哥哥张吉万，背着3岁的妹妹张韩，气喘吁吁。他们的父母在外打工，年老体衰的爷爷奶奶自顾不暇，哥哥背着妹妹，一走就是12小时！遇到记者时，他裸露的手臂满是伤痕，满脚血泡，却把递过来的水让给了妹妹。妹妹就在他背上咕嘟咕嘟喝水，他一边走一边回答记者：“我是哥哥，当然要护着妹妹。”

这是我们的孩子。

而在平安祥和的重庆市某募捐箱前，一名男子走来。他一脸污脏，衣破鞋烂，迅速掏出一叠皱巴巴的纸币、角币，整理好，塞进了募捐箱。他谢绝了主办方提供的赈灾纪念T恤，希望“留给更需要的人”。工作人员请他登记，他搁下了一张折着的字条，随即离去。那张字条上写着：“这些钱是我七年的全部积蓄……有我流浪中捡垃圾赚的钱，也有我2008年大年初一在解放碑行乞的钱，还有七年前打工的钱……流浪七年，一直没舍得用，今天把它献给四川汶川地震灾区，尽我的一份力。我的钱虽不多，但我心意已尽，因为我只有这么多。为汶川灾民重建家园，我愿意拿出我所有的钱。我穿得很脏，但我很善良。——2008.5.20夜12时书于嘉陵江大桥下，我名：王明胜。”

这是我们的公民。

橙色消防兵、黑色公安特警、蓝色空军、绿色武警，迎着逃难的灾民逆流而上，深入最危险的地区，抢救废墟里的幸存者。在某所学校的坍塌现场，正发生一次猛烈余震，一位军人不肯撤退，一次次对着缝隙大喊：“还有人吗？有人吗？”当他被强行拖下废墟，大发雷霆：“现在我不是谁的父亲，谁的丈夫，谁的孩子，现在我就是人民的兵！”回头，他看到几名女兵，挥手命令道：“男人没有死绝前，女人退下，去照顾受伤的人！”当废墟下再也没有任何生命痕迹，他默默掉了眼泪，推开战友递来的水和方便面，号令五分钟后，马上赶赴另一个战场。

这是我们的军人。

大震后，这样的人每天都在互联网上被不断刷新。他们改变着灾后的四川，也震撼了无数人的灵魂——瞬间之爱，化作永恒。

用爱疗伤 /

在山东枣庄市某个村落，24岁的农民冯相刚牵出几头羊，匆匆忙忙去市里赶集。路上，他碰见一个40多岁的流浪汉，正蹲在垃圾堆旁啃西瓜皮。他停下脚步搭讪，对方说自己是老王，但问到住在哪里为何流浪，他却语无伦次。

“你不怕吃了肚子疼？”“我饿。”

“那你找饭店讨一口啊。”“人家不给。”

冯相刚也是吃百家饭长大的，最能体会被人家撵出来时的凄怆——一个心疼，他竟带流浪汉回了家。

年轻的妻子看到这满脸脏污的汉子，平静地拿来水盆毛巾，帮着梳洗，毫无半句责问。

不久冯相刚就打听清楚，老王原有三个弟弟，住在十多里外的邻村。老王的父母过世后，弟弟们为了争夺遗产，竟把傻哥哥赶出家门。

冯相刚只好留下老王。但他神志不清，出门就和小孩子吵嘴打架，糟蹋人家农田，闹得鸡犬不宁，怨声载道。

批评老王？他一脸无辜的傻笑。不如找点事情拴住他——让他放羊！妻子听到冯相刚的提议，说：他不清不楚的，莫要把羊都放跑了哟。

冯相刚坚持手把手教会了老王放羊。正式上岗后，老王俨然天生就是羊倌，每天拿着羊鞭早出晚归，去找青草最茂盛的地方放羊，半年来不仅一只羊不丢，还多了一窝小羊，每一只都圆滚滚的，围着他咩咩叫。

老王眼里只有羊，根本没空惹事了，心情舒畅，连神志也日益清楚。

村里却开始说闲话了："冯相刚剥削傻子的劳动力，白白替他放羊，一分钱都不给！""他养个傻子不就是炫耀自己吗？坚持不了多久！"

冯妻听了，心口堵得慌。冯相刚却拉着老王的手，笑眯眯地说："今后你帮我放羊，我给你30元一个月。"妻子说："村里老师的工资才20元一个月。"老王却已经在欢呼雀跃了："好好，发了钱我买更多的羊！"

这样，老王每个月都用工资去买羊，过了几年，几只羊已经发展到了近百只，蔚为壮观。羊倌老王幸福得好比一个国王。十年过去，卖羊挣了9700元，老王成了当时村里少有的万元户，各路媒体也纷至沓来，报道"傻子竟成万元户"的奇迹。

老王对着电视镜头一脸自豪："人不可貌相，海水不可斗量！"此语一出，众人倾倒，哪还敢说他傻？

不过几天，竟有三个男人找上门来，拉着老王就抹泪，要接他回家享福："哥哥受罪了！回家让您每天吃肉喝汤！"

来认亲的正是老王的弟弟，不知他们是翻然醒悟，还是另有所图？老王是单纯如孩子，搂着弟弟哭了，同意回家。

冯相刚不能挽留，但只给老王3700元现金，另外6000元打了张欠条，说："今后每年我还你1000元，你就当做生活费！"

老王走了，有乡亲就把自己智障的亲人，送到冯相刚家里。有时出外办事，冯相刚看到可怜的智障者，也会带回家来。

就这样过了23年，冯相刚收养过16个智障者，最小的才12岁。包括老王，后来被弟弟们再度赶出家门，四处流浪，冯相刚掉着眼泪马上接了回来，发誓再不让他离开这个家。

冯相刚教会他们扫地、养羊，后来自己饲养奶牛，就教他们养牛、清理牛场、给牛打针、挤牛奶。每个人都有分工，做事情都有板有眼。

在冯相刚眼里，他们根本不傻，有的能一眼看出牛生病了，有的几天不见冯相刚，一见他回来就欢天喜地。还有一个小王，跟着他养牛六年，后来被一家养牛场高薪聘走。拿到第一个月工资，小王买了件白衬衫，送给冯相刚。那件衬衫冯相刚可不舍得穿，常常拿出来晒晒，见人就夸耀一番。

他总是跟记者强调："他们不是傻子，就是缺乏关爱！我们多一点关爱，他们就会慢慢恢复正常。"

16个人有几个找了工作，有几个娶了媳妇，奔向各自的幸福生活。年近70的老王曾消失一天，回来时从口袋掏出一张纸，郑重地告诉冯相刚："我找三个弟弟拿回了6000元的欠条。你帮我管着，任由你处置。"

冯相刚有些惊异地笑了，老王则很得意——他早已不是那个被遗弃的傻子，而是被爱治愈的正常人。

有位台湾的客商得知冯相刚与智障者的大爱故事，非常感动，为他的奶牛场捐赠了价值500余万元的崭新生产设备。

纪录片片尾，太阳晴好，冯相刚带着一群老小，坐在院子里的大圆桌旁吃饭，给这个夹菜，为那个盛饭。远处是欣欣向荣的奶牛场，近处是和和睦睦的一大家——他们笑得那样单纯幸福，仿佛生命从不曾经历阴霾。

爱，能治愈灵魂最深的伤口，缔造人间最大的传奇。

/陪着你看肥皂剧/

电视里正在播一档综艺节目，满是热闹的空虚。就是请一些普通家庭登台，吹拉弹唱，主持人不咸不淡说两句，然后散场。有啥可看的？功效可比最好的催眠曲。

可是爸爸看得非常开心。坐在小马扎上，托着腮，嘿嘿地笑，不时点评两句：你看这老头，和我差不多年纪，还能翻跟斗！还有这小姑娘，真像你小侄女，扎两个冲天炮，见谁都不怕。她妈妈歌唱得不错……

我在心里哼了一声。那七岁小姑娘就拿张稿纸，坐在麦克风前，一板一眼地朗诵，这也叫才艺？她妈妈唱歌还跑调呢——主持人除了说“勇气可嘉”，一句真话不敢讲。

我也不敢讲。为了让我安心工作，爸爸每日辛苦，买菜做饭洗衣打扫屋子，充分发挥南方男人的勤劳本色，现在得空，坐在小马扎上，嘿嘿笑着，像个孩子般的轻松自在。我能讲什么？

我笑笑说，是啊，这档电视真不错。

我很喜欢黑泽明。书柜里放着这位日本大导演的全套系列。周末偶尔拿一张《影子武士》放进碟机，爸爸也会惊奇："这个年代，还看什么黑白片？"我说："怀旧啊。"爸爸说："那还不如看《小兵张嘎》呢。"

有一天，晚10点了，某电视台播放老电影《平安圣诞夜》，讲的是某次世界大战期间的一个故事。虎视眈眈的美国大兵和德国军人，在一个大雪纷飞的圣诞夜，偶然在一处民宅邂逅，起初剑拔弩张，在民宅母子的温情计谋下，大兵们逐渐回归善良本性，忘记血火仇恨，共度平安夜……这类战争温情片我挺喜欢，看看爸爸也不吱声，心下快慰。次日还要上班，12点时我准备睡了，嘱咐爸爸："你爱看，就帮我看着，明天告诉我结局。"

次日晨，我问："他们最终开火了吗？"爸爸说："没有，都散了。"我说："好看吧？"爸爸打个哈欠说："有啥好看的？几个人憋在一间小屋子里，没有大场面，没有情节……"我回过神来，是啊，爸爸喜欢的是《刘老根》《乡村爱情》，怎么会看这种闷闷的外国文艺片？

可是，他愿意熬夜看我的肥皂剧，打着哈欠告诉我结局……

每天的早餐，爸爸都抢着给我冲牛奶，加上很大勺的蜂蜜。我不反抗，把这太甜太腻的营养水喝个精光。每天回到家，爸爸早就做好晚饭，鲫鱼炖豆腐、烧羊排，都是我最爱吃的，再给我盛上一大碗米饭。我总是吃得太饱，不得不到健身房把多余的热量消耗掉。晚上，爸爸乐呵呵地看电视《女人一辈子》，为小桃的命运长吁短叹，我也跟着附和两句："是啊是啊，这就是命啊。"

什么时候我变成这样的乖乖女了呢？

读大学之前，我是顶撞父母的模范。那个小小的自我，迫不及待地想要壮大发展，冲破羁绊，去到广阔天地。所以，父母一啰唆一管束，我就变得跟孙悟空似的，要要金箍棒。一次晚自习后开班委会，我回家晚了一小时，爸爸等在大门前的路灯下，见我就急火攻心地问长问短，我故意说去玩了，爸爸居然扬起手，打了我一个耳光！17岁的我遭此人生第一次"羞辱"，很久不愿理他。他给我写抱歉信说“你的脸肿了，爸爸比你更难过”，给我买的药悄悄放在卧室，给我低声下气地夹菜削水果，我统统置之不理……那时，我居然这么“牛”！还有一次，为我穿了一条有破洞的牛仔裤，父女俩吵得不可开交，我拂袖而去，爸爸一着急居然抓住了我的长发。我顺手抄起旁边桌上的剪刀，非要剪掉头发，爸爸吓得马上松了手。

后来才明白，在家庭的战役里，最爱对方的人，是最容易被欺负的人。

终于离开父母，去那广阔天地求学求职，遭遇冷眼挫折，再也没有那样的包容，再也不敢那样随心所欲，理所当然地收起了“金箍棒”和坏脾气。偶然得空，回乡看看父母，发现他们的头发又白了一片，看见他们弓着腰为我准备一大桌吃的，背着我擦掉欢喜或伤心的眼泪……他们的软弱和衰老，让我的心胸渐渐饱满、坚强，学会包容学会爱，就像他们当初待我一样。

如今，我在北京买了房子，把父母接到身边一起生活，变成乖乖女。彼此的爱，没有书本上那般惊天动地，不过就是接受他爱你的方式，陪他一起看看肥皂剧，让他在你的身边，快活无忧地慢慢变老。

/ 你的成长丢失了什么 /

早上7点，北京房山区某派出所来了个人。值班民警瞧了一眼，来人蓬头垢面，裹着一件破旧的军大衣，裤脚磨破了，走路还磕磕碰碰的，估计是个流浪汉。

那人递上来一样东西，居然是钱包，有点结巴地说：“我……捡到的。”

接过那个鼓鼓的钱包，轮到警察结巴了：“你是来送还钱包的？”从警十多年，他从没见过流浪汉来做这档事的。

打开一数，有5000多元，还有七八张信用卡。

民警又问："你走路好像不方便？"

他说："左腿坏了。不熟悉路，在黄村科技大厦捡到的钱包，走了很久的路，才找到你们派出所。"

经过细问，这人名叫吕某，36岁，辽宁沈阳人。来北京八年了，一直居无定所，以捡垃圾为生。一个瓶子大约能卖一毛钱，天气热能捡百来个瓶子，天凉了他时常颗粒无收，三餐无继。他最大的理想不过是：平均每天都能捡到100个瓶子，卖得十元，然后尽早攒一张回沈阳的车票钱。

民警问："这钱包不还，买张车票绰绰有余，你不后悔？"

吕某老实答："又不是自己的钱，有啥后悔的。"

失主很快找到了，对吕某十分感谢，当场拿出500元现金塞到他手里。得知吕某的身世，又买了一张回沈阳的车票，连同一套干净衣服，并送吕某到火车站后才离开。

"流浪汉拾金不昧"的故事被媒体报道，失主送吕某回家的感人一幕，也被电视台的摄像机拍了下来。

这真是完美结局。谁知，这只是故事的开头。

没过几天，就有一位老人，来到北京电视台，说，吕某正是他失踪八年的儿子。而且，儿子至今没有回家，找遍了亲戚朋友家，都不见人影。

"我在电视上看到儿子那个样子，尤其那个蹒跚的背影……真是难受。"

在老人印象中，吕某曾是个意气风发的孩子。八年前，28岁的吕某所在的企业裁员，他面临下岗，一时又找不到合适的工作，在朋友的怂恿下误入了传销组织，被人控制，从此失去音信。

吕老伯最后一次接到儿子的电话，儿子的声音十分惊恐："爸爸，你快来接我！多找点人，要不然打不过！还有，你们赶快搬家……”还没说完，电话就被掐断了。

吕老伯曾南下广州，后来报了案，又在报纸上登寻人启事，千方百计寻找……吕某却仿佛断了线的风筝，不知道跌落在了哪里。

走的时候，吕某的儿子才一岁半，牙牙学语，现在已经十岁，上小学四年级，总是念叨：“别人都有爸爸，我的爸爸去哪里了呢？”

在电视台的帮助下，吕老伯看到了车站当天的摄像：吕某进了站，却马上转身，又出站离开。为何有家不回？那垂着头的蹒跚背影，究竟隐藏着怎样的心事?

吕老伯独自去了北京西站的地下停车场，徒然奔走，茫然四顾，哪怕是在长凳上埋头休息的人，也着急地端详一阵……无果。老人蹲下身，把头埋在膝盖上，老泪纵横。

记者安慰他，他哽咽道：“我还能活个20年？只要活一天，我就不会停止寻找儿子。”

原来吕某还在北京流浪，捡垃圾。在当地媒体的帮助下，父子终于重逢。吕老伯一把抱住儿子：“这八年你去哪里了呀？你老爸想你都快发疯了！”吕某眼眶也慢慢红了。

八年前，吕某被传销组织控制，双脚都被割伤，身上的卡也被抢走，卡里7300元，是他全部的积蓄。仓皇逃出后，他带着受伤的双腿，一点点往北走，离群索居，沉默寡言，渐渐放弃与人沟通。

为什么走了八年都没有回家?

吕某说话很吃力，理由也不少：冬天越往北走越冷，于是他待在南方过冬。他没有钱买车票。他怕自己殃及家人，传销组织会根据他填下的家庭地址施与威胁。他不知道家人是否搬家……

他低着头说："我很想回家，但我走不动。我很累。"

事隔八年，仍能看到他内心深处的负疚、自责、羞愧，和他无法面对现实的怯懦……虽然他不承认，但这才是他不愿回家的真正理由。

每一个孩子都是善良、天真、敢做敢当，也能在沙滩上重建城堡的。在成长的过程中，这个男人却只剩下"善良"和潦倒的"累"。不管遭受再大的重创，如果我们依然相信世界的温暖，相信亲人的挚爱，相信自己的力量，人生何愁不是另一幅画卷。

第七辑／我不是一个人在战斗

/

/

/

/ 锦诗之美 /

樊锦诗，一个女人的名字，让人联想到锦缎、诗歌，华丽缤纷的美丽。40多年过去，她的名字，却在大风沙里成长为一种精神。

40多年前，樊锦诗从北大历史系考古学专业毕业。这个面容清秀的上海姑娘，把父亲劝阻的信压在箱底，放弃了繁华的都市生活，执意来到敦煌研究院工作。

文艺片里的丝绸之路，总看见快乐的西部人弹着冬不拉，唱着小调，漂亮的女子献上洁白的哈达……西部人把生活的背景归纳到两个字：荒凉。

那时，戈壁滩人烟稀少，走上几十里路也碰不见一个人，沙子的地表温度高达70℃，低达零下30℃。莫高窟内极尽辉煌，鬼斧神工，洞外却是灰土蒙蒙，孤苦伶仃。人总要走出艺术的洞，柴米油盐地生活啊。

水是碱性的，樊锦诗总洗不干净头发，没有房子住，就在附近的小庙凑合，土炕土凳土桌，吃饭的时候起风，尘土就呛到肺里。一个月也去不了一回城里，读书读报简直就是奢侈事。

有晚洞外传来狼啸，她吓得整晚睡不着，次日早才发现，洞外原来拴着一头不安分的驴子。

那时她也不过是个小姑娘，单调寂寞的日子几乎让她窒息。但她不走。敦煌壁画的大气之美使她折服，而壁画雕塑自然的老化破损、被盗窃的空白痕迹更使她心疼，迫使她留下。她要以自己柔弱的坚韧保护敦煌。

多年来，樊锦诗沉浸在石窟考古研究工作之中，保护、研究、思考、发扬画在石头上、刻在窑洞里的大美，乐不思蜀。她运用考古类型学的方法，完成了敦煌莫高窟北朝、隋及唐代前期的分期断代，得到学术界的高度认可。

这些年，樊锦诗把自己的先生也从武汉拽到了敦煌，风雨兼程，同甘共苦。

流年逝水，青丝变白发。听说有些女同学信誓旦旦要来敦煌，樊锦诗就紧张："人很难真的和艺术过一辈子。我怕她们太苦……回头一想啊，我是三不像，一不是管理出身，不像院长；二没有坚持专业，耽搁了北大那几年；三不是贤妻良母，孩子受了很多委屈，亏欠家庭太多。"

那场特殊的媒体见面会，就在石窟之外，月光如水。樊锦诗扯扯普通的青布罩衫，如同邻居慈祥而抱愧的老太太。旁边的听众却在感叹："一个道地的上海女人，完全是浓重的西北口音了。"

那她为何坚持留下？

"你们看夜色中的莫高窟，宁静，圣洁。我老说一种魅力，一个极大的吸引力在吸引着我。愿意留下，死心塌地地留下，慢慢就上升到一种责任、一种使命，保护不好真是千古罪人。"

听她坦然安静地说着这话，将40余年的艰辛和孤独，轻轻带过，听众心里不是滋味。戈壁风沙龙卷虎啸，改变了她的吴侬软语、青丝春颜，却赠与她别样的洒脱和旷达，和常人不能体验的幸福。

西部人称敦煌研究院的这位女院长是西部守护神。只有神，才有这样的意志。

月光下的她，不是神，如诗歌，如锦缎，具有华丽缤纷的美丽。

/我的麦子熟了/

14岁的高占喜，青海农家子弟，一度成为热门话题。因为一次电视活动的策划，他和城市的一个富家少年互换了七天生活环境，节目打出的议题是："七天之后，高占喜愿意回到农村吗？"

七成观众都预测，高占喜难以抵挡住城市的诱惑，不会愿意回去。

第一天，占喜在机场被新爸新妈接进了豪华的宝马车。他害羞地靠在真皮坐椅上，不说话，认真望着窗外闪过的高楼大厦。忽然，他泪水盈眶。

这个之前在山沟里疯跑、开朗活泼的孩子，对城市已经多次设想。他的哥哥初中毕业就去西藏打工，他虽然成绩不错，但是父母也为是否供他继续读书而争吵多次。他曾经在作文里写道："我想考上大学，在城里生活。"可是他知道，他更可能中途辍学，流浪在城市某条喧嚣的马路上。

这次机缘巧合，他提前进入了城市，小小的心里波澜万千。何况现实的城市，比那个瑰丽的梦，仿佛更精彩。

占喜住进了一栋豪华如天堂的复式公寓，拥有一间无比舒适的大卧室。面对丰盛的晚餐，他无所适从，紧张得五次掉了筷子。接着，新爸新妈一次给了他200元零花钱——从前，他一个月只有一元的零花钱。

在气派的理发店理发时，占喜看到镜子里的自己眼眶里又充满眼泪。

之后，他完全忘记了看书，迅速适应这种新生活。

白天，他靠在松软的巨大沙发里，茶几上是从未见过的零食，譬如品客薯片、美国芭蕉、灯影牛肉（此前，只吃过哥哥带回来的三个苹果和一颗糖），面前是超大尺寸的液晶电视。他自在地享受这一切，除了脸颊上两团褪不掉的高原红，就像在这里长大。很快，他接触到了网络游戏，在新表弟的指引下，第一次控制鼠标来攻城陷阵，杀敌救友，不亦乐乎。

晚上他请表弟表妹夜宵，扔掉自己不爱吃的臭豆腐，只吃爱吃的凉菜，兴致勃勃。

次日，占喜在超市买了一大堆零食，去逛公园。从过山车上下来，他赞叹道：这个够刺激啊；在吊床上晃荡，他再赞叹：这个够舒服啊。看见游览车，他问明三元钱游一圈，立刻豪爽地掏出零花钱……

当占喜尽情享受新生活时，观众们忧心忡忡——这个孩子会丧失本性，沉迷于吃喝玩乐吗？

某天，占喜被安排去卖报。报童里有个八岁的男孩，圆脸蛋，稚气未脱，但是卖报非常熟练。他告诉占喜，他的妈妈生病了，他要为妈妈挣钱买药，再辛苦也不怕！那天分别时，占喜用力揽了揽小男孩的肩膀。

归途中，占喜变得少言寡语。他看到城里人行色匆匆，在马路之间穿梭，犹如他在稻田之间穿梭；也看见天桥下的乞丐，衣衫褴褛地等待施舍……那天，他对记者说：城里也有穷人，生活也不容易。记者问：那同情他们吗？占喜说，不，每个人都有一双手，幸福要靠自己。乞讨的人，为什么不学学那个八岁的小弟弟？

说话时，他分明又是那个崇尚奋斗、一直努力的高原孩子。但当晚的短信预测，大多观众仍然觉得占喜不愿回乡。

谜底提前揭晓——当得知自己的阿大不慎扭伤脚的消息，占喜立刻要求赶回家乡。

“为什么急着要走？阿大的脚伤不是大事。难得来一次城里。”记者问。

占喜只说了一句：“我的麦子熟了。”

阿大很早失明，哥哥在外打工，弟弟尚且年幼，14岁的占喜已经成为家里的主劳力。他难以不被城市吸引，这无可厚非，但同时，他也眷顾自己贫穷的家、艰辛的父母、几亩薄田和已经成熟的麦子。

城市是他的梦，而养护贫穷的家，却是他深植血液的责任。

临行前，占喜脱下了新爸新妈买的波鞋，穿上了自己的旧布鞋，是阿妈亲手缝制的。他说，还是这个舒服，在田里方便。

回到农村之后，占喜仍然5点半钟去上学，啃小半个馍馍当午饭，学习之余割麦挑水；仍然是补丁长裤配布鞋，刻苦读书不改初衷："只有考上大学，才能真正走出大山，改变命运。"

占喜见识了前所未见的繁华都市，享用过从未经历的物质生活，却始终未曾忘记自己是个映着高原红的孩子，未曾忘记担当家的责任——"我的麦子熟了"，这是一句最朴实的箴言。

/ 我不是一个人在战斗 /

25岁之前，80后郭雪姣很普通。

她出生在扬州市江都邵伯镇，大眼睛，在小镇的一家酒店前台收银。下了班习惯牛仔裤配球鞋，会在网上爆囧事：有次K歌喝高了，她跑到一间厕所"报到"，发现地上很多烟头，出来狂汗——莫不是进了男厕？

她属于"红色控"，杯子是大红卡通的，睡衣是粉红格子的，喜欢的明星都是"红色性格"，比如我行我素的小S和谢娜。小S说过："人生无常，也许明天就会死掉，为什么不快乐度过每一天呢。”姣姣每天也乐乐呵呵。

同事里有位大眼睛男生，姣姣主动追求。男生腼腆，不说情话，这不妨碍两人热恋五年多，然后买房，成婚，生子。

儿子取名天天，慢慢长大，也是大眼睛。等到父母下了班，小家伙就左边牵一个，右边拉一个，出去散步。夕阳照着一家三口，幸福似乎天长地久。

直到姣姣开始觉得胃疼。

她吃了胃药，三个多月也不见好。熬不住了，她去医院做了个详细检查。母亲拿到诊断结果，回来跟她说，胃病，没事没事。

家里却气氛陡变。丈夫总锁着眉，母亲不敢看她。姣姣总算打听到了，自己被确诊为胃癌晚期伴腹部转移。漫画家几米也曾被诊断为绝症，惊觉死亡竟近在咫尺，“只要按个开关就出现”。姣姣也“按”到了。

窗外绿意葱茏。正是2010年阳春三月。25岁的她，第一次想到死亡和后事。

肯定不能死在新房里，丈夫还年轻，还会遇上好姑娘，不能添晦气。她要死了，就让母亲背回老家去……父母年事已高，女儿不孝，只能来世再报恩情……还有儿子啊。他才两岁。她走了，谁给他唱童谣喂饭，陪他玩滑梯、照大头贴?

她心头一颤，再也忍不住泪。别无选择，她必须和癌症打一仗。

开始化疗，每根神经每个细胞，都在呐喊疼痛，她上吐下泻，尊严尽失。头发大把脱落，仿佛被截断根须的海藤。但每次去医院，姣姣都穿上好看的衣裳，戴上新买的假发。齐耳黑发配上笑脸——俨如从前。

只能更乐观。家里债台高筑，而她的康复遥遥无期，乐观是她最后的盾牌。

丈夫下班了，姣姣笑吟吟开门道：“毛老板回来啦。”丈夫背着她蜷在沙发上哭，她深呼吸，平静下来后做个鬼脸："我还没折磨够你呢，肯定不会死的。"

父母日益憔悴，姣姣说："家里都为我借下12万，我要死了，岂不是人财两空？这笔账太不划算。我肯定得活着！"

只有儿子不知事，奶声奶气地唱："世上只有妈妈好，有妈的孩子像个宝……"

没妈的孩子像根草——光头的姣姣紧紧抱着儿子："是我把他带到这个世界，不能丢下他不管。"

总有些话，不能对家人说，总有些泪，不能对家人流。

7月28日，郭雪姣开通了微博，网名是"舍不得"。

"我是个得了癌症的妈妈，今年26岁（虚岁），有个两岁半的宝宝，化疗了几个月，我已经变得面目全非了。但是我并没有气馁，因为家人并没有放弃我，我更不应该放弃自己……"

这条微博得到5000多位粉丝的关注和鼓励，包括港澳台，以及远在英美、加拿大、日本等的海外粉丝。她成为知名的"80后癌症妈妈"，演员江一燕、主持人鞠萍也送来祝福。姣姣既感动，又觉得受之有愧，坦承坚强不过是求生本能。

随后采访的媒体多了，捐助多了，她几乎一一婉拒，讨厌展览苦难获取同情。"世上比我遭遇不好的人多了，凭什么我就必须得到大家的帮助呢？"

还是继续上网直播抗癌。她背痛难忍，止痛针止痛药统统失效。一次化疗让她吐了五次泻了四次，体内白细胞急速降低……不久她开始吐血，黑色的血如死亡之花。失眠了，绝望和恐惧一浪接一浪，但在微博里她仍然坚强乐观，因为"我不是一个人在战斗"。

"今天照镜子发现原来光光的头上，现在是毛茸茸的一片，嘿嘿，头发真的在长呢。让我想起小时候学的诗‘野火烧不尽，春风吹又生’。”“光头比你们凉快很多……”

病魔缠身，她还在想着别人。

三岁的男孩多多患了白血病，父亲为此打了六份工挣钱治病，她念叨：“多多，我真的很心疼你，虽然我也是重病在身，但是和你比起来，不算什么……我会天天给你祈祷！加油！”

有位失恋女孩“苏小沫儿”留言想要自杀，她忙请大家一起劝说这个傻女娃：“我多羡慕你们多姿的生命，而她却选择放弃……”直到女孩答应好好活着。

月到中秋，而姣姣病情加重独自入院，无法团圆。记者带来了一段《天天舞之蹈之》的视频。她边看边笑，看完哭了。

她太想儿子了。儿子害怕去医院，却陪着妈妈就诊，挺直了脊背说：“别怕，有天天在呢。”儿子把钱包里的钱都塞到妈妈手里，一本正经地说：“妈妈，等我长大了，赚大钱给你看病哦。”看到妈妈很疼，儿子想倒水，个儿矮够不到杯子特着急……

姣姣用纸巾按住眼泪，对记者说：“明年中秋，还有今后的所有节日，我们一家人都会一起过。我们一家人肯定能手牵手走在大街上的。我们一定能看到那道风雨后的彩虹。”

10月3日，姣姣说自己“精神不太好，我会坚持的”。

姣姣亲手输入了这条微博。10月10日凌晨两点半，姣姣出现胃大出血，对丈夫冷静地说：“让医生拿氧气面罩……”竟成遗言。离世前她的恋恋眼神，让那个男人肝肠寸断。

微博之名已被姣姣生前改为“偶遇”。偶遇了万千陌生人的爱，她何其感恩，“生活就是生下来活下去，幸福就是有幸来过，有福度过”。

生命再痛，有幸来过。

伊人已逝，各大门户网站均有悼念，网友们也在续写爱的传奇，创建了“85后癌症妈妈郭雪姣纪念馆”，在“偶遇”微博的留言三日已近5000条：

“一路走好！你是那么美丽，一定会变成天使！”

“一时之间不知道说什么好。生命就像一道美丽的烟火，绚烂之后便坠落消失。没关系，至少盛开过。每一个逝去的生命都会活在我们的爱与想念中。”

“突然感知生命的脆弱，活着的人更应该懂得如何坚强快乐地活下去！为了自己，更是为了爱自己和自己爱的人！”

有位四岁孩子的妈妈留言道：“雪娇妹妹，孩子不会没有妈妈，他会拥有全天下的爱心妈妈，你一路走好！如果他想妈妈了，就打我的电话××……”

冷冰冰的科技时代裹挟着世俗商业高潮，多少人嘲笑过80后的脆弱，质疑过虚拟世界的真情，然而，爱和美始终都在，圆满到了天真。这才是人类终究得以延续壮大的根源。英国诗人约翰·邓尼说过：“谁都不是一座孤岛，任何人的死亡都使我受到损失，因为我包孕在人类之中……”

风雨过后不一定有美好的彩虹。我们常常等不到想要的结局，但等到了爱和信任。当这位80后母亲为爱抗争到最后一息，当她的爱人承诺续写“偶遇”微博，当无数网友在世界各地点燃烛光为她送行，感叹人生珍惜生命……赤橙黄绿青蓝紫，这种种况味已化彩虹，沉潜在你我的心底。

黯然绝望时，孤单落败时，有什么会在心空默然升起——莫不是那道彩虹？

/我的农民叔叔/

我爸有四个弟弟，所以我有四个叔叔。他们都是散落于市井小巷、穷乡僻壤的普通人。

北京的建筑工地很多，迎面走来头发凌乱的民工，我总要看两眼。我疑心，那里有我的二叔。

二叔年过半百，种了一辈子田，老了，又跑到城里给别人修房子。他的儿子没有考上大学，他几乎花掉一辈子积蓄，送儿子进了一所民办学校，读的是当时很流行的MBA。毕业了，海归都找不到工作，何况一只小小土鳖。在送出近30份简历仍毫无回应时，这位大学生选择了上网消遣。

流浪了两个月，大学生回家，说要在家补习考研。于是，二叔老当益壮，出山赚钱。万一儿子考上了呢？学费可要先预备。在外打工一个月有900元，窝在山里一年也就三四千。

现在流行啃老，二叔似乎撞上了。

哪怕有儿子费钱，三叔也很艳羡。起初他只有一个闺女，走路都塌着腰。40岁时冒险生了第二胎，抱着儿子欢天喜地。那年大年三十，三叔裹着大棉袄，蜷曲在市场卖鸡蛋换几个钱，冻得鼻涕溜溜，手脸青白。我问三叔，干吗非要儿子？重男轻女。三叔嘿嘿一笑。

后来看一篇采访陈志武教授的文章，他拿出的解释，比三叔们自己都清楚。

陈教授在国内做过调查，为什么选择要小孩？北京有55%的人说“爱小孩”，而三个村平均有69%的人说“养儿防老”。这个结果让人难过，农村娃娃很多是被当做工具生下来的，出生即背负了沉重义务。

之所以这样，陈教授归咎于“家庭价值观念和金融服务水平有相当大的关系”。中国城乡发展不均衡，社会保障和金融在农村和非中心城市地区发育严重不足，社会不能给老百姓提供所需的保障，没有办法浪漫，只有“养儿防老”。

四叔是另一种类型，幽默多情，棱角分明。他自由恋爱找了个回族姑娘，养了一双儿女，哪怕天天喝凉水都是笑嘻嘻的。

他很有力气，婚后就出了山，在乡镇做藕煤，赶着马车穿街走巷地卖煤，卖一块能得三分钱，一百块三元钱。坐着马车固然神气，但卖煤已经成了夕阳产业。每次回乡见他，他还是会幽上一默：哪天坐叔叔的“宝马”车逛大街！

他的儿子去年高中毕业，不肯复读，南下打工，工资月月寄回家来，叮咛一句话：“妹妹比我成绩好，让她上大学。”

妹妹读到高二，却离家出走。四叔疯了般地到处找，一周后，女儿回来了，瘦得像根芦苇，跪倒在父母面前：“这些天，我都在长途汽车站，想去广东看哥哥。但没钱，没人肯捎我。我怕哥哥太累，又怕辜负哥哥，我压力太大了，不考大学了……”

四叔抬起了巴掌，却捂住了自己的脸，差点就要哭出来。

祸不单行。有一次跑了一整天，煤卖不动，马儿却不肯再走。四叔用黄豆哄弄，马儿无动于衷。他气呼呼地跳下车，一向温和的马儿竟然抬起蹄子，先给了他一脚。他挡在胸前的右手食指骨折。

生活还得继续——现在，四叔正在准备开个米粉店，女儿的成绩也很可喜，每个月都给在外打工的哥哥寄成绩单。

最小的叔叔比我仅仅大八岁。他清秀机灵，身量瘦小，喜好文学，梦想繁多。当一名神气的大学生。娶一个如花似玉的姑娘。写若干锦绣文章……后来初中毕业进了家百货商店，下岗后和媳妇一起去广东的鞋厂打工。女儿跟着外婆长到六岁，他们仍然在流水线上劳碌，挣取薪金养活老小。逢年过节回来要抱抱宝贝，小丫头却直往后缩，不认他们。金融风暴席卷全球，小叔叔所在的工厂裁员，他准备返乡侍弄田地，在电话里说："打工一个月能挣一千多，种田一年才挣两三千……大不了就'采菊东篱下，悠然见南山'呗，是不？"

想笑，鼻子却酸酸的。

有时候，我在采访中会陡然"断电"，思绪惘然。那些两鬓斑白的外地打工者，那些为了兄弟姐妹辍学的大孩子，那些流水线上没有名字的劳工，那些没有父母陪伴长大的幼童……散落在城市乡村的各个角落，犹如被命运一口吹飞的蒲公英。

而我又能为他们做什么？只是眼里心里，多了那么一点书生气的怜悯，于世俗生活毫无利害。

/ 镜头内外的卡通生活 /

不要抵抗

笔者语：采访梁小昆是件愉快的事情。他剃着平头，穿白T恤配蓝仔裤，背着双肩包，谈吐幽默，发音标准。

小昆是电影《漂亮妈妈》当中聋儿郑大的原型。郑大有过的痛苦、绝望和愤怒，他都经历过。那只他曾经想摔碎的助听器，至今与他相处融洽。

他笑着说：“不要抵抗，接受现实，一样可以快乐生活。”

我好像比一般的聋儿幸运，当他们在某个角落哭泣、埋怨命运时，我却生活在光环里，一直是优等生，从中学到大学都是保送，获得各种奖项。

但是这条路，我走得并不轻松。

七个月，我因链霉素中毒双耳重度失聪，四岁才被确诊，五岁开始戴助听器，根本听不清楚音节，也不知道音节意味着什么。母亲本是话剧演员，几乎放弃一切来教我，后来她到了中国聋儿康复研究中心工作。

我学会的第一个词是“妈妈”。当时，母亲已经对我重复了两万多次，三个月后我终于回应，她喜极而泣。为了扩大成果，妈妈去哪里总是推着童车，让我面对着她，一路见啥说啥，直到我满七岁。

我逐渐懂得，世界万物都有自己的名字。有一次母亲教我擀饺子皮，母亲把面粉抹在我脸上，说，脸白。我似懂非懂。次日出门，我看见一位阿姨，脸上抹着厚厚的粉，我忽然明白，指着她说：脸白。母亲笑了。

每一个词汇，于我都有故事。现在我能和你沟通，靠助听器，同时读唇语。

也因为这个，别人不是那么理解你、宽容你。他们觉得你比较弱势。实际上，取得相应的成绩，我也必须付出更多。小学时有听写，同学们只需记住单词，我还要记住单词的秩序，老师嘴巴动一下，我就写一个，同样拿了满分，他们都不知道。

小学三年级，我参加北京市中小学生朗诵比赛。上台前，我很害怕，母亲安慰我说，如果实在朗诵不好，你就说对不起，鞠个躬下台。真正朗诵时，被那么多目光包围着，我发挥出色，获得比赛的第一名。当时我备受鼓舞，自卑一扫而光，变得很自信。正是这种自信，让我后来做成了很多事。

升了中学我们有音乐课考试，要唱《歌唱祖国》。妈妈晚上用钢琴教我，可我老跑调，虽然节奏很对，但完全是“说”歌的方式。妈妈说：“考试你就用这个节奏唱吧。不过，可能大家会笑。但是你自己不要笑，坚持把歌词唱完。”

第二天回家我告诉妈妈，开始同学们哄堂大笑，我坚持唱完之后，有人哭了。

现在，朋友都知道我爱唱歌，每次去了卡拉OK，我必“唱”无疑。

我不抱怨命运。没用的。小时候我问过妈妈，我为什么和别人不一样？妈妈说，是医生一针打聋的。我说：“我恨他，我要找他报仇！”妈妈流着眼泪说：“找不到了，就是找到你的耳朵也是这样。”

所以，我现在不爱问为什么，接受现实，好好生活。我没有想过要多坚强，去抵抗所谓嘲笑、讥讽或者同情。我根本不在意这个。而且我得到更多的是帮助。这个世界，终究是灿烂阳光多。遇到什么难题，我都当是游戏闯关。

为自己发光

相对于其他聋儿，梁小昆几乎是光芒四射的榜样人物——被保送中央民族大学，毕业后顺利找到工作，并被派往法国巴黎进修。

在巴黎，他披着皮夹克，披着鬈发，靠在异国公园的某棵大树上，却是一脸迷茫。

2003年，梁小昆回京，报考北京电影学院摄影学院的硕士研究生——他想真正走自己的路，为自己发光。

我很小就喜欢摄影，曾用第一部相机，给母亲拍过一张照片，效果不错，后来成了母亲在杂志上的封面。

后来被保送到大学经济系货币银行专业，我像艺术青年一样留起长发，不顾母亲再三规劝，也不顾军训教练三令五申，宁肯扎成辫子扎进帽子里，也不肯剪发。我披着长发，在家里学校出出进进，像所有矫情的叛逆青年一样，不容干涉。一直到大三，我突然觉悟，喜欢艺术是一个人的事情，不必留个长发宣告天下。

大学毕业后，我在中国建设银行、中国投资咨询公司都工作过，又去了法国巴黎进修，却日益喜爱摄影，有空就背着相机转悠。那时我最喜欢拍人，从来都是隐蔽地拍，想捕捉最真实的面孔。

摄影构建一个世界，但并不解读。长椅上翘首期待的老人的背影，你可能觉得他孤单，可我却读出他的幸福——有人可以等待，多么美好；穿着中国式绿短袄的巴黎女孩，是我在地铁邂逅的，她喜欢中国、崇拜毛泽东；那片碧波荡漾的大海，让我钓了一宿的鱼，毫无睡意……

奇妙的光影世界甚至比现实更广阔，让我感到安慰，心有所依，幸福甚至疯狂。所以，2003年我在网上偶然看到北京电影学院的招生，不顾家人反对，执意报考。

我找到电影学院的一位导师，送去自己在巴黎拍的一组照片。老师说：有感觉有想法，但是摄影的基本功不扎实。为此，我顶着压力恶补了三个月的专业知识，老师终于点头。

接下来，我不一样的拍摄角度，让老师开始注意。

要拍一组“时装”的片子，别人可能在大街上拍些摩登女子，关注低胸露背装，或者超短裙什么的；但我觉得“时装”不是时尚，“时装”是一个时代的符号，就找了学校的几个朋友来当模特，到天津塘沽拍了一组照片，取名叫“生于70年代”。他们穿的都是80年代的衣服，男孩白衫绿裤，女孩一袭白裙，部队大院的就穿军装，都是朴素安静的那种，不那么闹，有年代的气味沉淀其中。

我想表达什么？不重要。而是你自己从中看到了什么……沉默无语的猜想正是摄影魅力所在。

每次我的作业，都会让老师吃一惊，慢慢浮现出笑意。那是一种很会心的笑。

我是一个认真、坚持的人，也卡通。卡通就是凡事豁达。我喜欢阿童木和蜡笔小新，喜欢他们兴高采烈活着的人生态度，不管遇到多少挫折，他们都一笑而过。

/请送我一辆跑车/

澳大利亚。2008年的圣诞节。他把她拉到楼下门口，蒙住她的眼睛，说：你猜猜我送你什么礼物？她说：一个新的烤面包机，还是一根擀面杖？

他一手推开门，一手从她眼前拿开，她看了看门外——天哪，那不是一辆真正的敞篷跑车吗？像只黑色狐狸，在夕阳金光下流光溢彩地趴着。她飞奔了过去，差点跌倒。他乐呵呵地说：慢点，琼！

他75岁，她71岁，过了几天赶上他们的金婚纪念日，儿女带着孙子们都来了。她兴高采烈地做好一桌子菜，摘下围裙就嚷："奶奶先带你们去看看我的新玩具！"

自然，三个孩子都傻眼了，围着那辆跑车欢呼，非要奶奶开车兜风。

好，就去吧。她戴上大墨镜和太阳帽，把音响开得震耳欲聋，麻利地坐到了方向盘前。她当了一辈子护士，在病人和病房之间穿梭，不得不谨小慎微，那一刻，她觉得自己变成了另外一个人——自由，快速，没有羁绊！

当她带着孩子兜风回来，就像赛车手一般神气。

儿子问老先生："您怎么想到给母亲买这么酷的礼物？"

老先生笑着说："圣诞节，我问你妈想要什么，她回答得很干净利落：跑车。我去车行转，正好有这辆，就给她买来了。"

儿子冲着老太太说："爸爸多爱您，您想要什么就给您买什么！"

老太太不置可否地笑了笑，摘下大墨镜进了厨房。

倒是老先生有些不好意思，对儿子说："从前你爸是个穷小子，后来娶了你妈，生了你们四个孩子，每天忙着挣钱，也只能养家糊口。到老了，才有钱给你妈买车。"

那真是一个漫长而又浪漫的故事。

老太太原来出身伦敦的名门贵族，年轻时貌美如花，追求者甚众，隔三差五就要在她的门口决斗。在她18岁的生日宴会上，有人朗诵情诗，有人送来名贵首饰。她轻轻地笑，云淡风轻地丢下一句："我就想要一辆跑车！"

果然就有阔少为她买了一辆高级跑车，在客厅里踌躇满志地等着美人青睐。偏巧那时，她已爱上了一位帅气的飞行员，全然不顾家庭的反对，竟跟着他私奔了。

18岁哪知道生活会有多苦？何况她又是娇滴滴长大的美人。之后，她跟着他跑到非洲，在那虫蛇出没、花草艳丽的热带地区，晒黑了自己雪白的肌肤；又跟着他移民到了澳大利亚，他改行当早出晚归的银行家，而她成了当地医院一名普通的小护士，熬黑了明亮的双眼……除了"私奔"那段堪称传奇，她的生活坠入任何一位家庭"煮妇"的轨道。

最困难的时候，他投资失败，孩子又嗷嗷待哺，她也没有向家里求助。在她离家之前，父母曾断言道：“你要是跟他，你会后悔的！”

不，她不后悔。她把带出来的几件首饰卖了，主动在医院加班，回家立刻操持家务照顾孩子；她给父母打长途电话时气定神闲，满是幸福的味道……她要证明，爱情能敌过真正的严酷生活。如果爱情轻易就被打倒，还是爱情吗?

一年一年地过去，他心疼着她，他更加爱她。之前是爱她的年轻美丽，现在是爱她被生活磨砺出的皱纹，爱她一如当初的骄傲。不管年月如何流逝，她总会兴致勃勃地说：“如果要送，请送我一辆跑车！”

他曾问她：“你真的不后悔吗？”

她笑嘻嘻地说：“如果到死你都没能送我一辆跑车，我才会后悔！”

在送跑车之前，他只有尽自己所能地为她送出礼物。一枝玫瑰、一辆跑车模型、一个芭比娃娃，甚至，只是耳畔的一句情话。

而她，总是孩子般地接受这些礼物，然后深情地吻他——那些吻，在春风的草坪上，在寒冬的星星下，在拥挤的闹市，在圣洁的教堂……已经成了一滴滴的琥珀，嵌进了彼此同行的岁月，慰藉了被世俗捆绑的灵魂。

金婚当晚，儿子问老太太：“妈妈，请问，您觉得这辈子有趣吗？”

老太太看了一眼老先生，笑着说：“有趣，当然有趣。在71岁能收到丈夫送到的跑车礼物，估计天下再也没有第二个。”

元旦时，老先生身体不适，去医院竟查出了癌症。四个子女都忧心忡忡地去探望，老两口一人手里拿一杯葡萄酒，正在悠然喝着呢。老先生说：“75岁了，这把年纪该有事了。反正你妈有跑车陪着，也放心了。”老太太说：“好好活着，要不我用跑车带别的老头子，你不吃醋啊？”

孩子们笑了，有的突然落了泪。聊了一会儿天，老两口开着跑车出去兜风了，欢欢笑笑的，仿佛生命才刚刚开始。

请送我一辆跑车，我愿穷尽一生等待。即使下一站真的是终点站，又有多少遗憾？

／我的大海悬挂在墙上／

这个男人很有趣。36岁，日本男子：岩崎敬一。

八年前，他28岁，在父亲经营的空调商店工作。每一天都困在本州岛前桥市这个小店里，对顾客迎来送往，他觉得人生十分无聊，想出去旅行。

去哪里？带多少钱和几张信用卡？准备什么行李？

先环游日本，再环游全世界。就带160日元（约相当于12元人民币）。行李就是一辆自行车和简单的换洗衣服。

这是天方夜谭。知道的人肯定会笑掉大牙，所以他谁也不说，悄悄出发。走之前，或许给父母留了张便条？告知：你们的儿子准备骑自行车环游日本，乃至全世界。

这个笑话，最后成了一个传奇。

他每天能骑70公里到100公里，骑坏了两辆自行车，用8年的时间，到过37个国家，包括韩国、中国、西班牙和一长列名单，行程长达4.5万公里。

区区160日元早就花了精光，岩崎敬一在途中依靠表演杂耍和魔术，挣取生活费。能用自身本领，逗得看客们哈哈大笑或者尖叫不断，比在空调店里一丝不苟地数钱要来得幸福。

就是这种幸福，让他不停地踩动车轮，屈身向前，在流泻的朝霞里，在满天星光下，在狂风暴雨里，也在悠然雪花下……从而得到更多的幸福。

岩崎敬一看过无数的美景：秀美山川环抱着青绿湖泊，不可一世的珠穆朗玛峰顶着一整块的蔚蓝。他找到恒河的源头，划着小舟顺流而下，居然漂到了大海。这一长达1300公里的旅程，用掉35天，却值得一辈子收藏。

他也受过无数的惊吓，曾被无情的强盗打劫，在印度还遭到莫名的逮捕。最糟糕的一次，他差点被一只沉默的疯狗咬死。

美景让他柔软，而惊吓使他强大。越是柔软越是强大，他懂得大自然也是如此，凶悍而又温柔，他的人已化为其中一棵生生不息、日益旺盛的植物。

当然，也有不期而遇的爱情。不过旅途中的爱情，难以找到停靠站，岩崎敬一只能孤单地背上背包，继续一个人倔犟快乐的全球之旅。

据英国媒体报道，岩崎敬一已经抵达瑞士，“我计划前往非洲，然后取道南美、北美，最后于2010年回到阔别十年的日本”。

他的梦想总比常人多，未来的日子里，他还要攀登欧洲最高峰勃朗峰，独自划船穿越大西洋，花五年时间继续环球旅行，40岁返回日本后写一本关于环球之行的畅销书……

这每一项，旁人都会觉得不可思议吧。至少对我而言，是不可完成的任务。

我是谁呢？就是那种一直嚷嚷要去看海、至今还没有看过海的人。为什么？原因也有很多：暂时没钱，能靠160日元完成旅行的人，绝对要超强悍；暂时没空，总有俗事杂务缠身、无数计划要去完成；暂时没有心情，总被日常的柴米油盐所累……

于是，我只能在墙上挂幅大海的照片，望海兴叹。

我很羡慕这个骑自行车环球旅行的哥们儿。

唯一的一张介绍照片上，他就站在蔚蓝大海边，太阳帽扣在脑后，蓝T恤白裤子，扶着单车，前后都是大包裹，笑眯眯骄傲地看着我。

他的全球旅行是一个传奇，而有多少人的梦想，始终悬挂在墙上？

/ 对人生多点热爱 /

田，34岁，出身贫困，一路自己打拼，考到名牌大学，毕业十年，干到外企中层，担任销售主管，敬业到令人瞠目。他几乎没有周末，也没有成家，总是精神奕奕地出现在办公室，开会，谈判，为了细节与利益和对手锱铢必较。

他以"铁人"形象为同行知晓。所以他来找我时一反往常，让我吃了一惊。他几乎酩酊大醉，笔挺的西服也沾上了污渍。他摇晃着靠到椅子里，说话还比较流利，可见其一贯的自控力："这么晚了，你的办公室还亮着灯。如果不来找你，我怕我自己会打开十楼的窗户插销……"起因很小：昨天他刚被确诊为萎缩性胃炎，今天又丢了一笔50万的合同。这成了压倒他的最后一根稻草。我问：你谈判成功的也有千万合同，50万何足挂齿？

他真正害怕的，是被淘汰，失去现在的位置，被打回起点。他受够了贫穷带来的耻辱，而钱永远挣不够。为此，他焦虑失眠，常常梦见自己身处高速列车，很想下车，却找不到站台。窗外永远是黑黝黝的夜晚。他坦言这几年飞了不少地方，但都是工作，难得轻松……我开出的药方就是让他去旅游，给自己放假。

这个药方似乎有效。他从法国小镇回来之后，兴冲冲地拿来拍摄的大沓照片。其中有一张是一望无际的湖面，一无所有。他终于为自己的心灵，留出了一点空闲和安宁。

如今，他一年出去旅游一两次。

工作如果成为生活的全部，好比溜冰只穿了一只溜冰鞋。人生需要平衡的美感，需要用爱好、兴趣、宽广视野和丰富触觉，填补空虚。

方，是另一个典型。他名校毕业，找工作很顺利，谈过的女朋友个个漂亮。月薪6000，住在北京国贸，每个月薪水花光，对高房价、高竞争，态度漠然。他的父母对他期望很高，他却毫无斗志，对什么也没兴趣，口头禅是人生不过如此。下班了偶尔来我这儿坐坐，闲谈。这种类型的人格看似平静，对压力视而不见，但压力都在心中默默积压。

我给他讲了一个故事。有一位中国的MBA留学生，在纽约一间餐馆打工，告诉餐馆大厨，自己的理想是进入华尔街当银行家。这位大厨说："我刚从华尔街一家银行辞职，天天朝九晚五，吃腻了恶心的汉堡包！我很喜欢烹饪，现在生活很愉快。"我问方，你猜这位MBA怎么回答？方说：MBA会说，你喜欢华人餐馆，我还是喜欢华尔街银行。人各有志嘛。

我说对，人总得喜欢点什么。你觉得人生无常庸俗，选择逃避，其实"喜欢"才是最积极的逃避情绪。无论数票子还是煎牛肉饼，你必须得探索一下，自己喜欢的是什么。

他若有所悟。之后不久，竟报考心理咨询师，坏笑着说要抢我饭碗。

有所追求的人，如果懂得用广泛兴趣平衡自己的追求，就能走得更远，内心更丰富。

迷惘冷漠的人，如果更加勇敢和热情，也能避免生命"不可承受之轻"。

每一种经历，都只为成就最完美的自己。

有位外籍员工曾对我说：中国人很勤奋，很努力，但总是不够快乐。他们不会花钱，更热衷攒钱。他们可以背诵元素周期表，流利地用英语对话，却不愿意和朋友走得太近。他们考虑多大平方米的房子，多大排量的车子，过于现实，缺乏理想主义……这位仁兄的话不完全对，却也让我深思。

我记得有人描绘过的一个情景：某夜，她坐在飞机临窗位置，飞机骤然下降时，她看见骤然上升的月亮无比皎洁。

是啊，即使压力迫使你下沉，你也该注视窗外，是否会错过美丽。

/ 剔透玻璃心 /

山东。正在上刀山的这位爷们，白衣飘飘，煞是潇洒。刀山十来米高，38把刀，他全身运好气，赤脚踩上去，上到顶后，再提上100斤水。

下了刀山，他又当着记者卸下一个灯泡，砸碎，然后吃起了锋利的玻璃碴子，像吃萝卜干。别人目瞪口呆，他施施然道："我最多的时候能吃三碗玻璃碎片。"

说实话，这种表演我向来不爱看，觉得是自虐狂做的事情。更何况，这位爷们满脸老人斑，已经73岁，应该安享晚年，何苦来着？

大爷大名丁福顺，戴着眼镜，说话文质彬彬，跟记者商讨经济问题也头头是道：

"你们电视台没有这样的绝活吧？要不要去你们那里表演一场？包括六个项目：吃玻璃、吞钢针、上刀山、躺钉板……不贵，一场就200元。"

的确是价廉物美。听大爷说，他早年在杂技团学过一些绝活，老了心血来潮，想靠这手艺行走江湖。

记者奇怪的是，大爷这把年纪了，还贪图名利？万一表演时出了事故，谁来担待？

大爷拍拍胸膛："我出道两年了，承接过不少店庆活动表演，都没事。放心！照我这身体，还能干四年！"

"您究竟图什么呢？"

大爷嘿嘿一笑："就图我的手艺发扬光大呗。"

难道大爷真的是身怀绝技异于常人？记者把大爷拖到医院，先检查那能吃玻璃的牙齿。医生说："牙齿损耗很严重，不能再吃玻璃。"再用X光照照，医生又说："暂时胃很健康，但是长期下去难免胃溃疡甚至大出血……"

最后，医生忠告丁大爷："您别瞎折腾了，虽然练过气功，但您也是凡人，不是超人，在家待着就好。"

丁大爷还是嘿嘿一笑，出了医院就问记者："怎么样？你觉得200元一场还贵？您把拍摄的片子刻成光盘，给我多打打广告。"

记者觉得蹊跷，决定次日走访丁大爷家。

一路上，记者遇到村民就打听，村民都说，大爷这两年疯狂接活，谁劝也不听，幸好没出事。

难道他的家人不劝阻吗？

村民们说："他只有一个老伴，无儿无女。"

很快，记者就来到了丁大爷家。小小一间平房，十分简陋，大妈脸色憔悴地躺在床上，旁边的桌上摆满了药瓶。大爷正在耐心地给她按摩身体。

原来，大爷老家在山东招远，年轻时带妻子闯到了黑龙江，生活了20多年。老了想落叶归根，他们回到了山东龙口，投奔亲戚。辗转反侧，流浪途中丢了户口，现在两人无儿无女无工作，也没有低保。

起初大爷摆了个摊子修自行车，收入微薄，和老伴相依为命，相濡以沫。

前两年，老伴日益消瘦，竟被查出脑血栓和糖尿病，卧病在床。丁大爷忙里忙外，为了挣来药钱，不得不搏命演出，以绝活揽客，仍然入不敷出，才想到了上电视。

这一切，大爷都瞒着老伴，怕她担心。有时邻居看他实在困窘，买了药就没钱买菜，要周济他，他还会婉拒："谢谢啦，自己能解决的事情就自己做。"

邻居们谈到丁大爷都竖大拇指："跟个年轻人一样自尊自强！从不祈求可怜。"

丁大爷递了一张名片给记者，正面写着："承揽各界大型厂庆、店庆，绝活表演，文艺演出。"背面则印着他的六大绝活："上刀山、吃玻璃……"

爱到深处，为你上刀山下火海，这不过是小年轻们挂在嘴上的山盟海誓，却被这位古稀老人身体力行。

爱是什么？是对方年老色衰时仍然柔情似水，是对方病痛缠身时更加不离不弃，是独自承担生活重压的勇气，是天塌下来有我扛着的担当。

这番侠骨柔情，让记者的眼眶红了。

为了帮老人重新落户争取低保，记者联系了龙口市民政局、公安局、派出所……几经波折，大爷的低保很快就要办下来了。

大爷吃玻璃的秘密被电视公开后，很多好心人送来了生活用品和药品。

丁大爷说："等到低保办下来，我再也不吃玻璃、滚钉板了……我要用摩托车带着老伴走一走，到处看看，享受70岁的幸福生活。"

他握着老伴的手，笑得像一朵菊花。你或许看不到，他的胃里还残留着玻璃碴子，然而，你知道，他有着一颗怎样剔透的玻璃心。

第八辑／用美好成全美好

十公斤的体恤

那时她中专毕业，找了半年工作，最终做了一名牙膏推销员。每天她早出晚归，对着一扇扇冰冷的门提前微笑，再对着门后面一张张狐疑的脸，举起各种牙膏试用装小声地问：请问您需要最新的牙膏吗?

通常不等她说完，门就“嘭”地关闭了，将她的希望和尊严，弹指间置于尘埃。

她如浸水的宣纸，轻轻一戳就会支离破碎。某天被人推出门来，失魂落魄地走在马路上，她泪如泉涌。

渐渐黑下来的天边，还有一轮夕阳照亮，而她，别无依靠。

在租住房的附近，她看见一个老人站在杂物狼藉的板车边沿，纸板上写着歪歪扭扭的毛笔字：废报纸一块钱一公斤，易拉罐一毛钱一个……天气燥热，老人的汗水滴滴答答，湿透了发黄的旧汗衫，黑布鞋前面裂口，露出了半个大脚趾。

她忽然生出同是天涯沦落人的凄然。

家里的废报纸刚好需要处理。于是，她请他上门。她没有别的喜好，除了读书看报，偶尔也写点东西，但从未发表过。

老人熟练地将报纸一沓一沓塞进麻袋，再抽出背上插着的一杆铁秤，用巨大的挂物钩钩住麻袋，费力地提起来。报纸有点沉，他的脸都涨红了，但他让秤尾巴翘得高高的，读准了才和气地对她说：姑娘，十公斤。

她一愣。这哪里只有十公斤！就连一个收购废品的老头也要欺负她！

她很快拿出自家的小地秤，将麻袋放好，蹲下身看，有20公斤！老人竟少称了一半！

她抬起头，立刻就想赶老人出门。可就在那一刻，她的目光扫过了他耷拉下来的手：布满伤口，皮皱肉松，骨节支棱——那分明是一双沧桑的、辛劳的、老去的手。此时，它们正难受地互相纠缠着、紧握着，指尖都已发白。它们也曾经朝气蓬勃地捧着大把希望吧，如今却双手空空，无奈无力。

她的心疼了起来。不过几秒，她把麻袋挪过去，若无其事地说："没错。十公斤。"她又打开破旧的小冰箱，拿出仅存的两支蒙牛绿豆冰棒，塞给老人一支。

老人双手连摆，连说不要不要！

她笑着说，天热，吃了心凉。

老人掏出零零碎碎的钱来，她抽了两张五元的，若无其事地继续咬冰棍。老人欲言又止，终于一手拿着冰棍，一手提着麻袋，匆匆离去。

一个星期后，她在自己的门边发现一小袋荸荠，刚刚洗净泥巴，湿润而芳香，还夹着一封信，字迹很童稚，地址是某某小学一年级甲班，里面是一幅笨拙的蜡笔画：一个女孩正在给一位白发老人冰棍，附有简短的几句话：

"大姐姐：我的爷爷从上周回到家，每天都会说到你。爷爷说谢谢你的冰棍、你的好心。爸爸妈妈离婚了，都不要我，爷爷只好到处收废品卖钱，给我买铅笔和练习本。一年多了，你是第一个对他这么好的人。爷爷还让我告诉你，说他已经换了新秤……"

她捧着信，来回地读，泪流到嘴边，是甜的。

她写了回信，搁在门边，说："小弟弟：荸荠很好吃，画也很好看，不过，你没见过姐姐，画得不太像！所以，下个周末你来看我吧，姐姐给你和爷爷做一大桌好吃的……"

他们果然来了。穿着白衬衫的老人，带着他一蹦一跳的七岁的孙子，提着新鲜的蔬菜，高高兴兴地来了。尽管小背心和短裤都打着补丁，可是男孩非常快乐，就像蜡笔小新一样活泼。可见，虽然贫穷、父母缺席，他仍然是在满满的爱当中成长。她庆幸，那天未曾轻易伤害那位伟大的老人。

当晚，小小的出租屋充满了欢笑，随同灯影摇曳到深夜。

从此，每个周末她都会和祖孙俩聚聚，吃几个素朴小菜，泡一壶红茶，还给男孩单买了小瓶的百事可乐，看他幸福地喝到呛咳。

她继续推销生活，在冷眼中坚持微笑，坚持写温暖的文章。一年后，她带着自己发表的作品，应聘成为一家杂志社的编辑，并搬到了明亮的新家。

周末她依然和祖孙俩相聚，并执意资助男孩读书。在那样贫穷灰暗的日子，他们彼此照耀，如今已经亲如一家。

当初隐瞒的十公斤，不过是对贫弱如己的老人的体恤。转变却从此发生——她温暖了他人，更温暖了自己。

/13.2平方米的广阔幸福/

这是否是世界上最廉价的小房子？

面积13.2平方米，由一节废旧铁皮的集装箱改装而成，造价6000元整。冬天嗖嗖地灌冷风，夏天热得蒸笼一般。里面一张铁板床，10英寸的黑白电视，带些破旧家具，人在里面转个身都困难。

可这小房子住着人，还是一家三口。

男主人叫王明殿，年过半百，是一家羊肉汤店的老板。每日小店颇有盈余，却带着妻儿挤在这里，洗澡都要去最廉价的澡堂，和民工们一起。

他不是守财奴，也没有什么苦衷——他的钱，几乎全部捐出去了，坦言“每一碗羊肉汤的利润，基本100%的捐”。有人调侃他：“那你比比尔·盖茨还牛？人家都只捐出了资产的70%。”他笑笑说：“反正我有几个钱捐几个，只留点生活费。”

当地人背地里喊他疯子。甚至有人说他沽名钓誉，害得一家人跟他受穷。

听着也难受，可王明殿遇上穷苦老人，特别是失学的孩子们，就会掏出兜里最后一分钱。十多年来，涓涓细流成大海，他竟然捐出了自己的所有。

为什么他“热衷”行善？面对蜂拥而至的各路媒体，他讲述了多年前的一段往事。

1995年，40岁的王明殿仍在青岛崂山区东韩村辛苦过活。为了改善生活处境，那年夏天他东拼西凑了3000元钱，去山东邻驹县采买苹果。到了第一户农家，他正和女主人谈收购价格，忽然门外冲进来一个少年，手里高舞着一张纸，兴奋地喊道：“娘，娘，我考上了！大学录取通知书！”王明殿想，这下孩子的娘可要乐坏了。谁知那个女人红着眼眶发怒道：“考上有什么用？哪来的学费？你想要你娘的命啊？”王明殿愣住了。少年看着他娘，低声安慰道：“娘，我不上大学！只是想让您看看通知书，高兴高兴。”女人一把搂过孩子哭了。

这一幕让王明殿百感交集，竟从怀里掏出一层层包裹的3000元钱，说：“拿去供孩子读书！今后四年的学费，我都包了！”那个叫刘炼科的孩子，那一刻放声大哭。

此后，王明殿被拨动的心弦再未停止歌唱。多年来，他捐助了山东740多个孩子和十多个辍学大学生，创建了3所希望小学。资助过程中，王明殿的心，变得日益开阔、通透。每次他去希望小学送文具和玩具，孩子们就小鸟儿般围上来，把写有祝福的各色水果塞了他满怀。每次收到孩子们从学校寄来的信件，王明殿就觉得自己风尘仆仆的旅程，多了一层书卷气……这个自认“粗鄙的小人物”，凭着一己之力，改变着他人的命运，也提升着自己的幸福度。

2001年，王明殿筹钱开了一个羊肉汤馆，收入稳定。朋友们劝他，自己买套房子生活好了再捐！他硬不同意：“一套房子七八十万，我能帮助多少个受苦受难的人？能让多少孩子上学？”

王明殿资助的第一位少年刘炼科，已经工作几年，前不久带着女友特意来看王叔叔，见面后忽然双双跪倒，请求他收下一份礼物：“我用我们的工资给您买了一套房子，我们不忍心看您继续住在集装箱里！”王明殿坚持不要新房钥匙，眼眶红红地说：“叔叔住在那里不苦，叔叔心里甜着呢。”

这样的高尚，毁誉参半。有人效仿，默默汇款资助希望小学，不留下姓名地址。有人得知小学缺少电脑，将20台电脑一并运送到王明殿的小店前，说声感谢就走……也有人不解，说他作秀，说他疯了，还有人当他是傻子。他们只能看到13.2平方米内的窘迫，却看不到心灵的层层舒展。

王明殿告诉记者：“我也不是傻子，我对自己的生活有打算。我跟妻子商量好了，再捐几年，然后我们就买大房子，过好日子。”他又转脸对身旁的妻子说：“到时我要给你买新衣服，名牌的，然后带你去北京，住有这么厚地毯的大宾馆，洗个热水澡！你是全世界最好的女人，中国最好的老婆！没有你这么多年的默默支持，跟着我受苦，我帮不了那么多人。”

这样罕见的甜言蜜语，让那个沉默寡言的女人张树叶，抿嘴笑了。

在这间也许最廉价的13.2平方米的小房间里，盛满了世上的幸福。

/爱无所终/

一个南京的小学生熊捷，偶然交了一个笔友，是云南省怒江州福贡县马吉乡的小学生余丽芳。

两个小学生在书信里无话不谈，亲亲昵昵，居然一起走过了七年，从稚气未脱的小孩，一起变成了含苞未放的少女。

然而，余丽芳突然失去音信。她家没有电话，唯一留下的学校地址也是查无此人。任凭熊捷再三去信追问，均是石沉大海。熊捷坐立不安，等待了整整一年，终于拿着七年的书信，走进了南京某电视台。

两个小女生的友谊出现悬疑，值得大动周折去破解?

熊捷努力说服那位制片人：“丽芳的午餐只是一根黄瓜，寄一封信要八毛钱，她仍和我通了七年信……为了给我寄一张照片，她要走上几十公里山路去照相馆……她每天都要通过溜索去上学，特别希望考上大学——瞧，这就是溜索。”

制片人瞧着那张从信封里抽出来的照片。

两边悬崖峭壁，夹着波涛汹涌的怒江。惊涛骇浪之上，悬着两根光溜溜的钢索，一个女孩背着大书包，正在通过溜索过江——生命真正悬于一线。

这样凶险的情形，对于余丽芳是家常小事。制片人凝视良久，抬头对熊捷说：“我们会尽早出发去云南！”

寻访队伍很快组织起来，包括电视台的工作人员和一些热心的南京市民。

车子进入怒江州，路途日益险阻。公路逶迤在峡谷中，时宽时窄，常有石头滚落，摔下悬崖，坠入怒江，发出惊心动魄的声响。

到达怒江州的马吉乡后，大家望着怒江溜索，集体惊呼。一共两根，都是一边高一边低，大江正在愤怒地吞吐波浪，卷起巨大的旋涡，扑向那孤零零的溜索。

有村民过来，面对此景不动声色，掏出自带的滑轮，将自己简单系绑在溜索上，抓上一把青草，就准备过江。记者一问才知，滑轮在溜索上速度极快，通过几百米的江面，只需要七秒钟。如果不带把青草当刹车，巨大的惯性将把人直接推到峭壁上。

这七秒钟，有孩子，也有孩子的父母，因故从溜索上坠落，被浪涛永远吞噬。

这七秒钟，已经成为怒江傈僳族村民的一种生活常态。他们背着一部彩电，一个装满日用品的大筐，甚至带着一头白而肥的猪，突然从河对岸滑过来，“从天而降”。

记者心有余悸地问：“不害怕吗？”

村民回答：“哪有不怕的！我们在怒江边上长大，从小怕到现在。有用吗？听天由命！”

寻访队伍面面相觑，不知是否该亲自体验一把溜索的味道。正在犹豫着，大家看到了几乎永生无法忘怀的一幕。

一个豆子般的小女娃，麻利地从对岸滑了过来。她的个头，就是城里孩子三四岁的样子。大书包完全盖住了她瘦弱的脊背。

她叫余燕恰，六岁，每天背着一个六七斤的滑轮上下学。她说起三个月前才有人坠江身亡，语气镇静。这种面对死亡的镇静，震惊了大家。

大家没有忘记初衷，是来寻访余丽芳。偏巧余丽芳住在江的对岸，附近并没有桥。在村民的简单培训下，他们决定也溜索过去。

滑轮和钢索高速摩擦，磨起钢屑，发出刺耳的啸叫。一位女记者死死闭着眼睛，根本不敢往下看。到了对岸，她有些想哭。她很心疼那个六岁的小女娃。

余丽芳找到了。她生病在家，休学一年，附近也没有邮局，所以跟熊捷断了联系。她用记者的手机，第一次给熊捷打电话，欢喜无比。

寻访圆满结束。

大家却个个满腹心事，最后不谋而合：要为怒江，搭建一座最简易的可供人行走的钢架桥！可是，即便这样简易的桥也所需不菲，必要三四十万元——哪里找钱？

回到南京后，在大家的精心编排下，电视台播出了“怒江孩子索道求学”的故事，在当地引起剧烈反响。大家纷纷慷慨解囊。不久，这个故事又从南方流向全国，各地捐款络绎不绝，居然达到140多万。

2007年10月12日，第一座爱心桥在怒江布腊村小学旁奠基。

2008年3月12日，大桥竣工。布腊小学的孩子们扔掉了沉重的滑轮，在大桥上如鸟飞奔，欢笑着在大桥两侧挂上铃铛。

熊捷没有料到，她对一个笔友的小关爱，最终竟建成了怒江马吉乡史上第一座钢架桥。

爱无所终——一个一个小小的善念，如同风中的蒲公英种子，你不知道她会落在哪里，生长开花，再度飞扬，入地生根……那白茫茫一片的爱的飞絮，跨过沟壑，穿越沧海，不觉竟温柔了整个世界。

/ 尘世天使 /

去四川什邡采访，遇见了一位慈眉善目的老人。

一片废墟中，他坐在一块大石头上，正在抽……雪茄？比烟要粗的白色长条。老人说：这是我自己买的烟丝，用纸卷的，呛。

老人穿着洗得发白的劳动布，满是补丁，针脚粗糙。猜想是他戴着老花镜自己补的。旁边摆着一个海碗，一点油渍都不剩。他刚吃了一碗光头面。

这是什邡市附近的一个小镇，煤场遗址。去年的汶川大地震中，这个煤场瞬间倒塌，巨大的烟囱在高空散落，满地都铺了红砖。在震撼和灾难的一分钟后，灾民们还得继续生活，而且要节俭地生活。新砖一匹五毛，甚至卖到过七毛五，不少灾民承受不起，到工厂废墟拾捡旧砖，重新修盖房屋。

很快，此举就被禁止。煤场这块已经有人承包，旧砖一匹卖两毛五。老人就是煤场老板雇的，收拾整理旧砖，一匹砖能得六分钱。

这么大的一片废墟，瓦砾和野草中间，掩埋着一匹一匹的六分钱。

他已经58岁，手上有着褐色老年斑，双鬓斑白，只身一人从重庆来这里打工，住在废墟旁边一个潮湿闷热的帐篷里。

这个年纪，早该子孙绕膝，享受天伦之乐了，何须还亲身卖命，打工挣钱？是他的子女不孝还是他不甘寂寞？

他笑着说："我的孩子才九岁，刚读三年级。我得给她挣学费。"

说着，他掏出了一个类似工作证的东西，打开给我看。是学生证，一个小丫头正看着我，童花头，大眼睛，一脸孩子的严肃。

他老实地告诉我，这是他捡来的孩子。

九年前，他像往常一样牵着牛出门。在小路上，他听见孩子在哭，奶声奶气，在偌大的山谷细若游丝。

他循着哭声走过去。是个小婴儿，包在破破烂烂的一块蓝布里，搁在一棵矮树下。有张小字条扎在上面：7月1日凌晨3点出生。他算了算，她刚出生五天。

他掏出兜里的西红柿，撕掉一块皮，搁在婴儿干裂的唇上，她使劲地吮吸，脸都涨红了。他抱着她，舍不得放下，就这样抱回了家，差点把那头牛都丢了。

家里只有老母亲，正在剁猪草。看他抱了个小不点回来，惊得刀都掉在了筐里。他说："娃娃就丢在路上，太可怜了。"老母亲叹口气，把手擦了擦，说："给我吧，我给她讨点奶喝。"

他一直务农为生，年轻时或许谈过恋爱？如今说起已经风轻云淡："太穷，没本事，我这辈子没结过婚。"

我说不出话，就听他说孩子那点事。孩子第一次喊他爸，让他这个大老爷们儿心花怒放。

为了孩子，他第一次出山打工，干过矿工，建筑小工，捡垃圾的，门卫……被不懂事的小年轻推搡过，在天桥下裹着麻袋睡过，大风大雨里也赶过路。挣的钱，他给孩子买小花裙子，买书包，买毛毛熊，交学费，却舍不得给自己买一包解乏的烟，因为"最便宜的一包也要一块多"。

孩子不知道自己是捡来的，老人说这是全村的一个秘密，而且永远不会公开。

现在，孩子在乡小学读书，和他的母亲在一起，会给他写信，说些"我想你，保重身体"之类的话。

今后怎么办？孩子继续长大，要花更多的钱。而他年纪大了，打工也越来越困难。老人说：“老得动不了了，我会把娃娃安排好，送户好人家当女儿……”

他悠然地吐出最后一个烟圈，开始弯腰干活，在烈日的废墟中清理一块块红砖。不知道可以做什么，我看着他的背影，按下了相机快门。

回来清理这张照片，有熟人看到问起，我说了老人的故事，几分感叹。对方笑了笑，说这有什么？如果是我遇见，一样也会收养！

当然能。说一句多么轻巧。

据四川民政厅的数据，在汶川地震中失去双亲的623名四川孤儿，只有12名被收养，其他孤儿则由亲友供养或者生活在福利院中。非亲属收养地震地区的孤儿更是少之又少。

除了地震孤儿，每天都有孩子被遗弃，但只有极少数的孩子，会遇到他的天使。

我们的豪言壮语总是抵不过之后的细致思虑、俗事缠身。但至少可以不说，保持缄默。

那位孤苦的老人，浸透了尘世最底层的污渍，却心灵雪白，满怀爱意。做不到他那样，但至少看到这样的尘世天使，心存敬畏。

/ 风景不在别处 /

每次过年的时候，天南地北的朋友都会发来短信，包括孟凡非的。

孟凡非是个20出头的男孩。在此之前，我也常常收到他的电话，没有新话题，就是翻来覆去地说一些天气好不好、身体如何之类的旧话。每逢节假日，他都会发短信祝福，亲热地称呼我为姐姐。

其实，我们只有一面之缘，远在2004年冬天。

那天很冷，我在单位叫了快递业务，不久来了个男孩，高高瘦瘦，阔大的外套，没有笑容的脸。他自我介绍后，很礼貌地问：可以打个电话吗？我说，可以可以，指给他电话，搬给他一个板凳，还顺手倒了杯热水给他。外面冬风正劲，他也是被狂风裹挟的一粒雪花，跌跌撞撞费尽力气才到这吧？那双手，又红又肿，生有冻疮。他说了声谢谢，继续埋头，把我留在信封上的地址电话，一笔一画地抄到业务单上。我问：你怎么来的？他不抬头，说，骑了两小时单车，顶风来的。

他帽子上的雪花正在融化，水顺着他年轻的毫无褶皱的额头流下来。

我觉得他这个年纪应该还在学堂里读书，可是他已经在为生存奔波了。我翻出电话本，找到非营利机构“北京打工之家”的电话给他，让他有了闲暇去那里读书学习，还有电脑上网，全部免费。我与这家机构比较熟，对方主管嘱托我广而告之，我家的装修工人，都知道这个电话。

他接过那张纸条，脸红了一下，低低地说声谢谢，背上旧黑的大挎包走了，消失在茫茫大雪之中。

我过后就把这事忘了。谁知当晚，我收到了他的短信（他居然留了我的手机号码），说：

“姐姐，来北京一年多了，你是我遇到的最好的人，非常感谢你。”

几行字，我看了半天，心头涌上温暖，又有点悲凉。我做的是最普通的事情，就让他如此感恩。这个在北京大街小巷骑着单车送快递的孤寒少年的心，只需一杯暖茶便可融化，却寻不到一只空杯子。

当初刚来北京时，我不是一样踌躇地徘徊在北京街头，看橱窗里自己的影子，莫名感伤吗？不是一样被大名鼎鼎的采访对象拒绝、嫌我卑微吗？其实，对他的好，不过出于本心，因为自己曾经亲历，“因为懂得，所以慈悲”。

不久，我又接到一个电话，原来是他从老家打来的。他说在北京生活太辛苦，快递员一年四季在外面风吹雨淋日晒，一个月顶多800元，于是，他辞职回家赋闲，学习充电，然后再思谋找工作，“没有高文化很难找到好工作”，他在电话里变得活泼了点。

就这样，我们居然从一面之缘的陌生人，变成交往两年多的另一种朋友。我记住了他的名字，熟悉了他低沉的语调，知道他一边打零工一边自考，准备创造更美好的人生。

十分钟获得了一个朋友，我至今保留他发给我的第一条短信，提醒自己：风景不在他处，就在一个转念，一个微笑。

/ 江米芬的奇迹 /

江米芬是个女人，命运不如名字那么写意。

她的童年并不快乐，父亲喜欢酗酒，喝醉了就打母亲。母亲素来神志不清，无法讨他欢心。几乎每次挨了打，母亲就在凌晨悄悄离家出走。起床看不到母亲，江米芬心里就空了，她会挨家挨户去问，在每片小树林寻找，在山径大声呼喊。

江米芬稚嫩的嗓门，穿透了清晨。每次父亲挥舞拳头，都是母亲扑过来替她挡着。每次有好吃的好玩的，母亲都会留给她……在孩子眼里，母亲没有缺陷。

幸好，每次出走三四天后，母亲会突然归家，笑嘻嘻地对他们姐弟张开胳膊，或许手里还有一把红彤彤的野果子。

父亲再次酗酒，母亲再次出走。

有一次母亲走了，再也没有回来。

江米芬每天都在找，都在喊。在门口站很久，期待看到母亲。奇迹没有发生。

成长孤独，她保持一个奇怪的习惯：不管去哪里，身边有流浪老人，她就会上去细细打量一番，哪怕把路人雷倒。每次听到附近出了交通事故，她就着急打听，甚至去医院探视。

20年过去，江米芬长成了大姑娘，大眼睛黑头发，从云南嫁到了河南。受丈夫宠爱，和婆婆小姑也相处融洽。但她心里总有块留白，只为母亲。

有一次回云南探亲，江米芬在路上遇见一位流浪老人靠在破屋前，脏头巾、黑衣、鞋，手里拄着一根粗树枝；同样神志不清、言辞模糊。她的心怦怦跳，面相太像了。她上前掀起了老人的头巾：老人的右耳也有个缺口，跟母亲一模一样。

江米芬拍拍老人的肩，说，跟我一起回家吧。老人顺从地点点头。那一刻，江米芬确信无疑——这是天意啊，茫茫人海，母女终于重逢。

回到老家，江米芬细心地给母亲洗澡梳头，不觉哭了。从脚到后背，老人伤痕累累，是火灾，还是车祸……老人的过去多么惨痛，江米芬不得而知，但她要给她余生的幸福。

父亲回来，她兴奋地喊来父亲相认，父亲看一眼，丢一句话：你认错妈了！气愤之余，她决定把母亲带回河南的婆家。

婆婆发现媳妇竟然凭空捡回来一个老人，天天和她吵架。丈夫也很不理解。江米芬忍气吞声过了一年，大哭一场后，拉起母亲出了家门，准备回云南。走了好几天，钱也用光了，母女俩被一户好心人家收留下来。

晚上，握着母亲瘦骨嶙峋的手，江米芬作了人生第一个大决定：离婚。失而复得的母亲，不能再放弃。

离婚后，江米芬认识了一个单身男人苗根来，彼此情投意合。江米芬说，要娶我，就要养我妈。苗根来一口答应。他觉得孝敬女子，更让人疼。

这位从小失去双亲的善良男人，之后尽心尽意地照顾老人。老人裤脚破了，他蹲下来缝补。每天的早饭，他都给老人打两个鸡蛋。他当老人是亲妈。

他们添了一双儿女，收入微薄，但是老少同堂，其乐融融。

过了20多年的幸福生活，老人已是古稀。江米芬带老人回了趟云南，想认认亲。谁料村里的熟识人，都说老人不是她妈，包括她的亲舅舅、亲弟弟。

江米芬蒙了。她认定老人是自己的母亲，不曾怀疑。

弟弟为了让姐姐趁早“觉悟”，凑了钱带老人去医院做了亲子鉴定，结果表示，两人没有任何血缘关系。大吃一惊的江米芬又主动和老人做了亲子鉴定。

拿着检验结果，江米芬彻底无语。弟弟说：别人的妈又不是咱妈！送养老院得了。

她给苗根来打电话。男人说：“犹豫个啥？马上把妈领回家来。我们养了20年，不在乎再养20年。老人都期望有个遮风避雨的家。”

江米芬觉得自己的男人，真好。

回到夫家，此事沸沸扬扬传开。当地政府闻听此事，给老人落了户，就用了江母的名字“江贵兰”。阳光明媚的院子里，江米芬问老人：我是你姑娘吧？老人满脸皱纹笑眯眯：嗯。

媒体说，江米芬和苗根来缔造了一个爱的奇迹。

江米芬对着镜头鞠躬：“如果谁捡到我的亲妈妈，让她吃饱穿暖，别惹她生气，她以前是很勤劳善良的——我谢谢您了！”

从来都是父母找孩子，原来孩子的爱也可以山高水长。从来都是只爱身边人，原来陌生人也可以是身边人。江米芬让人相信，有了爱，一切皆有可能——这才是奇迹。

/ 天使妈妈 /

一段长达21分钟的视频，是一组孩子的照片集锦，有的在摇篮里咬着大拇指笑，有的睁大眼睛疑惑地看着，有的吸着奶瓶一脸严肃，还有的手舞足蹈在地上爬……

很难想象，他们都是被父母遗弃的病残弃儿，大的不超过三岁，最小的才出生几天，病情多样：有的是先天性心脏病，有的是唇腭裂，有的是烧伤，有的是肛门闭锁……和享尽关爱的同龄孩子不同，他们喜欢向人伸出胳膊，求一个拥抱，哪怕是陌生人。

“天使之家”给予了这个拥抱。在这里，孩子们能得到手术治疗，康复援助，并等待有爱心的家庭收养，开始新的人生。

天使之家成立于2007年12月，属于民间公益组织。按照天使妈妈们的说法：是“爱心泛滥、一拍脑门”的结果。她们从福利院接来病重甚至奄奄一息的孩子，通过网络宣传，与国内外各种医疗机构、媒体、基金会、志愿者等合作，为孩子们募集医疗资金、安排手术。志愿者妈妈们各有分工，或负责账目，或策划推广，或筹钱，或联系医院安排手术……

免费减肥治疗，减至220斤的他可以穿上自己喜欢的条纹T恤，在镜头前笑出更多自信。

你相信吗？纵然丑陋，但心灵的美好能成全生命的美好。

/白昼的星星/

江苏南京市高淳县桠溪镇花义村。春阳暖暖，射进一栋普通的楼房。

屋子里摆着十来张大圆桌旁，坐满了人，就着家常素菜，边吃边聊，十分开心。

放眼一望，都是老人。农历每月的初一和十五，十里八村的老人都会到这里来吃免费的午餐。从2005年到2009年，四年了，年年如此。

徐福民穿梭在餐桌之间，跟老人们寒暄问好，就像孩子在问候父母。

谁能料得到？他原来是个工作狂。

十多年前，徐福民下海经商，成为村里的养鸡大户，2003年将畜禽场发展成了畜牧公司。事业上春风得意，家里陡生变故。60多岁的老母亲因帕金森综合征而住院治疗。

医生叮嘱徐福民，必须精心照料老人，否则她的病情会更严重！

看着母亲浑身抽搐，徐福民赶紧帮她按摩揉搓，却不见效。一个大男人，红了眼眶。

他纵然让父母住进了大房子，吃饱穿暖，但他何尝停下脚步听母亲说说心里话？何尝有时间关注老人的寂寞？他太忙，只是一个劲地往前冲，忽视了身后那双始终凝视却得不到回应的眼睛。

直到母亲病倒，徐福民才悟出乡里那句谚语的真谛："千孝不如一顺。"所谓"顺"，就是不仅照顾老人起居，而且要抚慰心灵，让老人顺心、安心，真切感觉到孩子的关爱。

他扪心自问："市场的胜利能取代家庭的温暖吗？一心一意把事业做大，母亲怎么办？"

带出院的母亲回家时，一路上，徐福民看见很多老人在各自的院子里补衣服、择菜，那佝偻的背影，透出他从前未曾觉察的深深寂寞。

他们的孩子大多在外打工、求学、创业，趁年轻，都在为锦绣前程而奋斗。老人被甩在了他们的目标之外，生活如枯井。

徐福民当即作了一个让别人匪夷所思的决定，而这个决定，从此改变了他的人生。

起初他只是邀请孤独的老人们到自家吃饭，凑在一起寻点乐趣。很多人觉得他太奇怪，居心叵测，"傻瓜！""疯子！"

徐福民充耳不闻。

2005年，他在养鸡大棚旁，花费15万元正式修建了约170平方米的免费食堂：农历每月的初一和十五，老人们都可在这欢聚。他还买来20多张床铺，安放在二楼，老人们愿意住下来的，免费吃住。老年活动室也随后开设。

这几乎占据了他的大部分精力，公司的事情交由下属打理。

议论从来没有断过。"做做小善事就成了，哪有工作都不管的？""肯定别有目的，他是生意人。""肯定是作秀，为鸡场打广告……"

徐福民置之一笑。

2008年年初，一场雪灾使徐福民陷入灭顶之灾。尽管接连三天请人清除积雪，大雪仍然压垮了他的养鸡大棚，6000多平方米的棚顶坍塌损坏。他掏钱刚修好大棚，禽流感又不期而至，公司损失了20多万元……

几番折腾下来，徐福民的公司破产了。十里八村议论纷纷。

徐福民把自己扔在床上，细想来路去途。听过一个传说，在森林最为澄澈的井里，即使白昼，你也能看到星星，在幽静的水面闪烁荡漾。

他希望自己能做那样的一口井，无论昼夜，无论沉浮，都能让星星，在心间闪耀。

逢到初一，徐福民照常开门迎客，笑呵呵地和老人们招呼：放心吧，只要你们来，“免费午餐”就会继续，这里就是你们的家！老人们也笑呵呵地舒了口气。

再来，老人们会自带蔬菜粮油，主动下厨。隔三差五，他们还会给徐福民带来一些小物件，譬如自己绣的鞋垫，一瓶珍藏的老酒……他们默默关心他，当他是自己最疼爱的孩子。

有记者来采访，老人们七嘴八舌夸小徐好。这个说，真是好儿子，孝顺！还有的郑重承认：我有两个儿子两个姑娘，都没小徐待我好！

为什么要花心思延续“免费午餐”，而不是图谋东山再起？

小徐说：“我肯定会寻求发展，挣钱来维持这里的运转……枝叶茂盛的大树，扎根都极深。老人就是我们的根啊。他们快乐，我更幸福。”

徐福民就像一位诗人。在他的眼睛里，你能看见白昼的星星在闪烁荡漾。

/ 当当的水晶心 /

翻看当当的那篇作文时，毫无防备的刘老师大吃一惊。12岁孩子的稚嫩笔迹里，分明隐藏着成人般的痛苦秘密。

当当在作文里描述，“我的妈妈很爱笑，很爱我，每天晚上搂着我睡觉，可是慢慢她就变了。七岁那年，她带我去单位，别人问我是谁，她红着脸解释，这是别人的孩子！我差点大哭一场！还有一次，我在妈妈的手提包里，翻出了一张合照：妈妈穿着洁白的婚纱，依偎在一位叔叔的怀里——难道，妈妈喜欢上了别人？”

虽然满腹疑惑，早熟的当当却把痛苦强压心底。不久，母亲就从她的生活中彻底消失，父亲不去打听，她也放弃追问，但是五年来，她无时无刻不在思念母亲，希望找到母亲，三人其乐融融地生活。

“妈妈，五年了，您在哪里？为什么抛弃我们，和别的叔叔在一起？……让我更伤心的是，这个秘密我一直瞒着爸爸，怕他更加难过。”

刘老师深感同情，特意把当当喊到办公室，鼓励她的坚强。

有天放学后，当当又邀请刘老师去她家，“请您看看我的母亲。”在那间寒酸局促的小屋里，当当从床底下摸出了一个小红箱子，神秘地说：“我妈妈就在盒子里。”

打开盒子，刘老师舒了一口气：原来只是两张照片。

一张是合照，一位年轻女子抱着小小的当当，蹲在花丛中，两个人开心极了。另一张是单人照，那位女子身着蓝色百花的连衣裙，长发吹拂，笑靥如花。

当当抚摸着照片，眼泪夺眶而出：“我妈妈曾经非常爱我，现在却离开了我。”

当当的母亲究竟现在何方？次日，在烈日曝晒的街头，刘老师找到当当的父亲，想和他谈谈当当长达五年的忧愁。

当当的父亲已经58岁，是现代版的骆驼祥子，以日晒雨淋地蹬三轮车为生。白色汗衫配补丁裤子，寒酸而不落魄，透着干净利落。别的年轻车夫们挤对他：“头发都开始白了，还这么拼命挣钱，为哪样啊！”他嘿嘿一笑，说：“夏天了，要给女儿买条新裙子呀！她成绩好，孝顺懂事，好吃的都留给我，当个爸爸好有福气!”

那张黝黑脸上透出的幸福，让刘老师有些小感动。而接下来街头的对话，却透露了一个更大的秘密。

问及孩子的母亲时，当当父亲犹豫半晌，才憨厚地回答：“其实我没有结过婚，当当是我收养的弃婴。我怕当当难过，12年来一直瞒着。您可千万别跟她说啊。”

刘老师不能置信地反驳：“可是当当连母亲的照片都保存着啊。”

听完老师的描绘，当当父亲恍然大悟地说：“原来当当以为那位是她妈妈哦！”

照片上的女子，原来是当当的邻居，热情善良，从当当三四岁就开始照顾她，下了班就把当当带到自家玩儿，当当父亲也会买米买油加以酬谢。小当当以为她就是“妈妈”，一声声地喊着，而女邻居也不忍拂意一一应答。但毕竟是未婚女子，带当当去单位时，不免要解释并非亲生。当当七岁时，她结婚搬家，离开了当当。

当当父亲也很奇怪，为何当时孩子不哭不闹，对“妈妈”的离开并不追问，反而更加乖巧懂事。只有一次，当当问："爸爸，别的孩子都有妈妈，为什么我没有？"为了隐瞒孩子的身世，口舌拙笨的当当父亲只好编造了一个苦涩的爱情故事，哪知道刚好和女儿的臆测相符！

整整五年来，当当无数次偷偷拿出"妈妈"的照片，思念落泪，却伪装坚强绝口不提，独自承担着沉重的秘密。那"无忧无虑"的笑容，不过源自一颗童心对父亲最温柔的体恤和爱。

刘老师湿了眼睛，说："告诉孩子真相吧。与其让她误解自己被母亲抛弃，不如让她知道，她有一位用心良苦的父亲。"

当当父亲几经考虑，终于同意。

在得知真相的一刹那，一向成熟自制的当当居然号啕大哭。当当父亲语无伦次地解释："乖，你就是爸的亲生女儿，对不起，对不起！"

哭了好半天，当当终于安静下来，红肿着眼睛告诉老师："养育了我十几年的爸爸，居然不是我的亲爸爸……却对我比任何人都好！我从来没有怀疑他不是我的爸爸！"

当当父亲在一旁掉了泪，当当侧身帮他擦去眼泪，轻声地说："爸爸，我不要再为了妈妈的秘密而痛苦，而要为了您好好学习。将来我要考上大学，买栋大房子，您不用起早贪黑、风吹雨打，每天都能吃到好吃的大碗牛肉面，睡到大太阳升起老高！"

这个彼此长久隐瞒、结局眼泪滂沱的故事，被电视真实记录，让所有人看到了粗糙生活不能磨损的真情，看到了秘密背后，父女同样剔透美好的水晶心。